En las redes del magnate

Abby Green

HARLEQUIN

Editado por HARLEQUIN IBÉRICA, S.A.
Núñez de Balboa, 56
28001 Madrid

© 2009 Abby Green. Todos los derechos reservados.
EN LAS REDES DEL MAGNATE, N.º 1971 - 6.1.10
Título original: The French Tycoon's Pregnant Mistress
Publicada originalmente por Mills & Boon®, Ltd., Londres.

Todos los derechos están reservados incluidos los de reproducción,
total o parcial. Esta edición ha sido publicada con permiso de
Harlequin Enterprises II BV.
Todos los personajes de este libro son ficticios. Cualquier parecido
con alguna persona, viva o muerta, es pura coincidencia.
® Harlequin, logotipo Harlequin y Bianca son marcas registradas
por Harlequin Books S.A.
® y ™ son marcas registradas por Harlequin Enterprises Limited y
sus filiales, utilizadas con licencia. Las marcas que lleven ® están
registradas en la Oficina Española de Patentes y Marcas y en otros
países.

I.S.B.N.: 978-84-671-7793-0
Depósito legal: B-42713-2009
Editor responsable: Luis Pugni
Preimpresión y fotomecánica: M.T. Color & Diseño, S.L.
C/ Colquide, 6 portal 2 - 3º H. 28230 Las Rozas (Madrid)
Impresión y encuadernación: LITOGRAFÍA ROSÉS, S.A.
C/ Energía, 11. 08850 Gavá (Barcelona)
Fecha impresion para Argentina: 5.7.10
Distribuidor exclusivo para España: LOGISTA
Distribuidor para México: CODIPLYRSA
Distribuidores para Argentina: interior, BERTRAN, S.A.C. Vélez
Sársfield, 1950. Cap. Fed./ Buenos Aires y Gran Buenos Aires,
VACCARO SÁNCHEZ y Cía, S.A.
Distribuidor para Chile: DISTRIBUIDORA ALFA, S.A.

Brazoria County Library System
Angleton, Texas

Capítulo 1

CON UN final que nos deja mordiéndonos las uñas podemos afirmar que este torneo es uno de los más emocionantes que hemos presenciado. Alana Cusack, en directo desde Croke Park. Devolvemos la señal al estudio, Brian.

Alana continuó sonriendo hasta que cortaron la emisión y le entregó el micrófono a su ayudante, Aisling. Se sintió aliviada al dejar de estar en el aire. Evitó mirar al hombre que todavía estaba de pie frente a ella, apoyado en la pared. Tenía las manos metidas en los bolsillos y llevaba un abrigo negro con el cuello levantado. Había estado hablando con uno de los jugadores franceses, pero en aquel momento, se había vuelto a quedar solo.

El desconocido seguía mirando a Alana. Llevaba observándola durante todo el partido, que se había jugado entre Irlanda y Francia dentro del torneo de las Seis Naciones. Aquella mirada la había inquietado y distraído aunque no sabía por qué.

Mentira; sabía perfectamente la razón. Era un hombre moreno, alto y tan atractivo que la primera vez que sus miradas habían coincidido por casualidad, Alana había sentido un nudo en el estómago. Había sido una mirada furtiva, pero intensa y realmente desconcertante. Nunca un hombre le había hecho sentir algo así con sólo una mirada.

Ni siquiera su marido.

La impresión había sido tan fuerte que no había podido evitar contestar con una sonrisa y había arqueado una ceja en señal de sorpresa. Había percibido un brillo extraño en los ojos oscuros de aquel hombre, a pesar de que le había dado la sensación de que se estaba riendo de ella.

Era la primera vez que coincidían. Alana jamás había visto aquel rostro anguloso ni aquellos labios sensuales que apreció a pesar de estar sentada a cierta distancia. De repente se dio cuenta de que llevaba un buen rato mirándolo y se ruborizó.

Tenía que ser francés. Se parecía más a los jóvenes apuestos que formaban la afición francesa que a los pálidos seguidores del equipo local. El hombre había estado sentado en los asientos reservados para la gente VIP, situados justo debajo de la tribuna de prensa. Y realmente tenía aspecto de ser un VIP. Le había bastado con mirarlo una sola vez para darse cuenta de que destacaba entre la muchedumbre. Cada vez que se había levantado, como el resto del público, en alguna falta o en algún tiro, su altura y su porte habían sobresalido.

¿Acaso la estaría esperando porque pensaba que Alana le había invitado a un acercamiento? Inmediatamente rechazó aquella ocurrencia. No podía ser tan descarado.

—¿Quieres que te acerque a algún sitio, Alana? –le preguntó Derek, el cámara. Aisling y el resto del equipo ya habían terminado de recoger. De repente se sintió desconcertada y aquello no le sucedía casi nunca. Siempre se habían metido con ella por mantener un aspecto frío y contenido.

—No –contestó inmediatamente. El extraño acababa de desaparecer de su campo de visión. De repente sintió pánico, quizás estuviera detrás de ella, esperándola–. Después tengo que ir a una cena familiar, así que me he traído el coche.

—¿Entonces no te vas a pasar por la fiesta de celebración de los franceses?

–Pasaré sólo un momento para dejarme ver y que Rory se quede contento.

–Hoy has hecho una buena retransmisión –añadió su compañero echando ya a caminar junto al resto del equipo.

Alana se sintió complacida. Era todo un halago viniendo de Derek, todo un veterano en la televisión. Llevaba mucho tiempo trabajando duro para conseguir ser respetada.

–Gracias, Derek. Te agradezco mucho que me lo digas –repuso sonriendo.

Su compañero le guiñó un ojo antes de girarse y salir.

Alana recogió sus cosas conteniendo la alegría en el pecho. Cuando ya estaba dispuesta a marcharse, se dio cuenta de que su ordenador portátil y el cuaderno de notas estaban todavía en la tribuna de prensa.

Se dio la vuelta mientras el corazón le latía con fuerza. Quizás se volviera a encontrar con la mirada del desconocido. Al no verlo se sintió aliviada y decepcionada a la vez. Era obvio que se había aburrido de esperar y se había marchado. Mientras se montaba en el ascensor para subir al piso principal se obligó a sí misma a dejar de pensar semejantes tonterías. Se había llegado a imaginar que se había dado una comunicación silenciosa y especial en aquel intercambio de miradas.

Él pensó que la había perdido cuando se había acercado un momento al campo de juego. Aquella sensación de pérdida, le produjo pánico momentáneamente, cosa que no le gustó nada.

Sin embargo ella estaba allí aún.

En aquel momento Pascal Lévêque estaba con los brazos cruzados detrás de aquella mujer, una visión muy sugerente. Tenía una silueta llena de curvas y llevaba una falda muy ajustada. Se acababa de agachar para recoger el bolso. Él la recorrió con la mirada. Largas piernas, esbelta figura, tobillos bien definidos, caderas perfectas y cintura de avispa. Pascal no pudo evitar preguntarse si llevaría pantys o medias y con sólo esa pregunta se estremeció.

No sabía qué era lo que tenía aquella mujer para haberlo cautivado así. No había despegado la mirada de ella ni se había movido del sitio, a pesar de que debía haberse marchado ya. ¿Por qué no había podido quitarle ojo en toda la tarde a pesar del gran partido?

Preciosa.

Ésa era la explicación. Era una preciosidad con aquella falda ajustada de rayas, los zapatos sencillos, el pelo liso cuidadosamente recogido. Lo llevaba en una coleta, pero si se lo hubiera soltado, una hermosa melena le habría cubierto los hombros. ¿Pero desde cuándo estaba él interesado en chicas «preciosas»? Pascal era famoso por estar siempre rodeado de mujeres seductoras, sensuales, vestidas para incendiar la imaginación y los sentidos de cualquier hombre. Mujeres a las que no les asustaba engatusarlo ni utilizar sus encantos para proporcionarle placer.

Ella se puso un abrigo negro largo, como si se estuviera escondiendo, y Pascal se sintió rabioso, excitado y perplejo a partes iguales. ¿Qué demonios estaba haciendo? Prácticamente se estaba arrastrando detrás de una muñequita tonta de la televisión. Era consciente de que en cualquier momento ella se daría la vuelta y su rostro no resultaría tan atractivo como le había parecido a distancia. Aquella piel brillante, los labios carnosos y sensuales, los ojos almendrados bajo unas cejas oscuras que contrastaban con el cabello rubio rojizo.

No; cuando ella se diera la vuelta iba descubrir que tenía el rostro cubierto de maquillaje. Y se lo iba a quedar mirando. ¿O acaso no lo había estado mirando tímida, pero insistentemente durante el partido? En cuanto se diera la vuelta lo iba a pillar. Justamente estaba intentando buscar alguna excusa para justificar su extraño comportamiento cuando la mujer se giró. Pascal abrió la boca sorprendido y de repente su mente se quedó en blanco.

Alana no sabía lo que le estaba esperando. Tenía al desconocido atractivo justo frente a ella. Apenas a un metro. Y la estaba mirando fijamente. Los dos de pie, solos en un estadio con aforo para ochenta mil personas. La atracción que había tratado de disimular toda la tarde explotó en aquel momento. El corazón le comenzó a latir a toda velocidad en respuesta a la virilidad que destilaba el hombre.

Estaba de pie, con la cabeza ligeramente echada hacia atrás y las manos metidas en los bolsillos. El abrigo resaltaba la anchura de sus hombros y el tono tostado de la piel. Pero fueron los ojos los que la atraparon de manera que no pudo apartar la mirada. Unos ojos grandes, oscuros, despiertos. Con un brillo ardiente y sensual que la dejó sin aliento.

Agarró con fuerza el cuaderno que tenía pegado al pecho. Se alegró de haberse puesto el abrigo porque tenía la sensación de que aquel hombre la estaba desnudando con la mirada. Alana agitó la cabeza y con alivio se dio cuenta de que había recuperado el habla.

—Perdone, ¿le puedo ayudar en algo? —le preguntó en un tono de voz que hasta a ella le sorprendió. ¿Desde cuándo tenía un registro tan seductor como el de las cantantes de jazz?

Alana sintió miedo, pero no porque estuvieran solos. El motivo era bien distinto.

—Me has estado mirando —contestó Pascal, incrédulo ante el tono acusador y directo de su propia voz. Estaba aún impactado por aquel encuentro cara a cara.

Ella había resultado ser aún más bonita de lo que le había parecido desde lejos. Era pálida y brillante a la vez. Húmeda. Tenía las mejillas sonrosadas por la brisa fresca... ¿o quizás fuese por otro motivo? Aquel pensamiento hizo que se excitara y, desgraciadamente, tuvo la sensación de que estaba perdiendo el control de la situación. Aquellos ojos desprendían una hermosa luz verde. Los labios carnosos y tentadores, sin pintar. Pascal nunca había visto a nadie con un encanto tan natural.

–¿Perdona? –replicó. Alana agradeció el ataque de indignación que le acababa de entrar y se dijo a sí misma que no era adrenalina. ¿Pero desde cuándo la indignación le hacía temblar?

Había estado en lo cierto al pensar que el tipo no era más que un turista en busca de un poco de diversión. Era obvio que había malinterpretado el significado de las sonrisas de Alana. Ella no estaba en el mercado para ese tipo de aventuras.

–Si no recuerdo mal, tú también me has mirado bastante. Me has dado otra impresión, lo siento y perdóname si te he hecho pensar que estaba abierta a algo más. Ahora, si me disculpas, tengo que volver al trabajo –añadió alzando la barbilla y olvidando el tratamiento de usted que solía dar a los desconocidos.

El hombre soltó una sonrisa irresistible y Alana se quedó atontada unos segundos.

–Ya me he dado cuenta de que estás trabajando. Te acabo de ver entrevistando al entrenador de Irlanda. Tan sólo estaba haciendo una observación, eso es todo. Porque me has estado mirando.

–No más de lo que tú me has mirado a mí –dijo tratando de recuperar el control sobre sí misma.

Él se balanceó levemente y un nuevo brillo le iluminó los ojos. Era un destello peligroso. Alana se dio cuenta de que estaba realmente atrapada. El espacio entre los asientos era demasiado estrecho para ni siquiera intentar empujarlo para pasar. La única alternativa era saltar a la siguiente fila, lo que no era muy propio de una señorita y además era un movimiento desesperado. Con la falda que llevaba puesta, misión imposible.

Alana se sintió aterrorizada. Se colgó la bolsa con el ordenador portátil y se dispuso a marcharse, con la esperanza de que él pillara la indirecta.

–Esta conversación no nos lleva a ninguna parte. Y ahora, de verdad, tengo que volver a la oficina. Además estoy segura de que tú tienes algún lugar más emocionante al que ir.

Después de un instante eterno e intenso, él dio un paso atrás y la invitó a pasar. Alana se sintió inmensamente aliviada. Apretó los dientes y, a pesar de que arqueó el cuerpo para no estar tan cerca de aquel extraño, pudo percibir la fuerza que emanaba y su perfume a almizcle.

El perfume del sexo.

Oh, cielos, ¿pero qué le estaba pasando? ¿Desde cuándo estaba preparada para saber si alguien olía a sexo o no? ¿Acaso sabía cómo olía el sexo? Se sintió débil, pero se dio cuenta de que sólo tenía que llegar hasta el ascensor para volver a la realidad.

Sin embargo, a pesar de las plegarias de Alana, el hombre la siguió y entró con ella en el ascensor. Compartir un espacio tan pequeño fue algo realmente intenso, tanto que casi pegó un bote cuando las puertas se volvieron a abrir.

Alana encaminó sus pasos hacia el coche. Tenía la sensación de que estaba caminando por un alambre ya que notaba que el desconocido la estaba siguiendo. De repente oyó que se detenía. Parecía un depredador a punto de saltar sobre su presa. Alana también se detuvo y se dio la vuelta, a pesar de que el sentido común le estaba diciendo que hiciera todo lo contrario. Su corazón estaba latiendo aceleradamente.

Él la miró fijamente con aquellos ojos brillantes.

–La verdad es que sí que tengo un lugar más emocionante al que ir. Quizás te apetezca acompañarme –sugirió finalmente.

Alana estuvo a punto de desmayarse al escuchar aquel acento, al principio no había prestado atención porque habían sido demasiadas emociones juntas. Ese hombre era arrollador e iba a por ella. Alana no daba crédito, era perfectamente consciente de que no era especial, simplemente una chica del montón. ¿Qué demonios querría aquel tipo de ella? Cualquiera se hubiera dado cuenta de que jugaban en categorías diferentes. Las campanas de alarma sonaron cada vez más fuerte.

Alana negó con la cabeza y comenzó a girarse para reanudar su camino, pero era difícil resistirse al magnetismo de aquel hombre. En aquel momento apareció frente a ellos un deportivo negro. Evidentemente era el coche de él, conducido por un chófer, que había estado aparcado en la zona VIP.

–Lo siento, señor... –dijo Alana antes de darle totalmente la espalda.

–Lévêque.

–Señor Lévêque –hasta su nombre sonaba sexy. Importante–. Tengo que volver a la oficina. Estoy en mi horario de trabajo. Disfrute de su fin de semana en Dublín. Hay muchas mujeres en la ciudad –añadió recuperando la distancia.

«No serás tan estúpida como para marcharte así», pensó sin poder evitarlo. Se puso a caminar hacia el coche y tras unos pasos se sintió contenta con su decisión.

Pascal no cedió al deseo de mirar el coche de aquella chica cuando estaba saliendo del estadio. Aún no podía creer que lo hubiera rechazado. Una mujer no lo rechazaba desde... no podía ni recordarlo. Apretó los labios. Ella había tenido razón, había muchas otras mujeres en la ciudad. Al fin y al cabo, no era muy especial.

¿Entonces por qué no se le borraban de la mente aquellos labios tan sensuales, los ojos verdes de infinitos tonos y ese cuerpo increíble escondido bajo la ropa que Pascal había querido arrancar para descubrirla?

Evidentemente estaba aburrido. Eso era todo. Llevaba varias semanas sin ninguna amante. Aquella misma noche iba a ir a una fiesta. Si lo que quería era una aventura de una noche, no sería difícil conseguirlo.

Se sintió aliviado al ver que poco a poco recuperaba la cordura. Se recostó en el asiento y se relajó. Sin embargo, instantes después pegó un bote y se volvió a tensar. No sabía cuál era su nombre. Ni siquiera sabía si estaba casada. No recordaba haberle visto un anillo, pero tampoco se había fijado. De repente volvió a recuperar el sentido común. Aquello no podía ser, estaba decidido a echar a aquella mujer de su mente. Estaba deseando que llegara la noche para deshacerse de la desazón que se había instalado en su cuerpo.

—Alana, no te puedes marchar todavía.

—Pero, Rory, tengo que ir a casa. Mi hermano cumple cuarenta años.

El jefe hizo caso omiso a sus argumentos, la agarró de la mano y la volvió a meter en la algarabía de gente de la que Alana había logrado salir segundos antes. Cerró los ojos exasperada.

—Alana, tienes que conocerlo, le vas a entrevistar mañana. Ha llamado en persona después del partido y ha pedido que seas tú quien lo entreviste. Debe de haberte visto en el estadio o algo así, qué más da, ¿no te das cuenta de lo importante que es? Es un patrocinador muy importante de las Seis Naciones... un famoso... millonario.

Alana caminó atropelladamente entre la multitud e intentó seguir a su jefe. Apenas si podía escuchar lo que le estaba diciendo. ¿Algo sobre una entrevista? Eso no era nada excepcional, hacía entrevistas casi todos los días. ¿Por qué tanto número por aquélla? Miró rápidamente el reloj. La fiesta sorpresa iba a comenzar media hora después y ése era el tiempo que necesitaba para llegar a casa de sus padres en Foxrock. No quería perderse el comienzo de aquella fiesta por nada del mundo.

En ese momento Rory se detuvo y la miró con preocupación.

–Vas a hacerlo y es una pena que no estés más arreglada. Alana, podías haberte esforzado un poco, de verdad –dijo molesto.

Alana se irritó. Con demasiada frecuencia la gente esperaba que fuera tal y como había sido... antes.

–Rory, me he vestido para una fiesta familiar, ¿te acuerdas? No para la celebración del equipo francés.

Aunque tenía que reconocer que la celebración era algo más que una fiesta. Estaba claro que había gente a la que le sobraba el dinero. La fiesta se estaba celebrando en los salones del Hotel Four Season de Dublín. Alana no llevaba un vestido de tela brillante, como la mayoría de las mujeres presentes, pero su traje era muy digno. Y estaba más cómoda así. Tenía demasiados recuerdos desagradables de las fiestas en las que había llevado vestidos demasiado ajustados, demasiado cortos, demasiado todo... Pero ya no y sabía que en situaciones como aquella fiesta era cuando podía dibujar la línea entre la mujer que había sido y la mujer que era en aquel momento.

Rory miró por encima de Alana, se puso en tensión y la volvió a mirar. La agarró por los hombros como si fuera una chiquilla.

–Nuestro hombre acaba de llegar. Tienes que darte cuenta de lo importante que es. Aparte del papel que juega en el patrocinio del torneo, es el jefe ejecutivo de uno de los mayores bancos del mundo. Te lo presento y después te puedes ir, ¿vale? De todas maneras está claro que esta noche tendrá cosas más importantes que hacer que conocerte a ti.

Rory la volvió a agarrar del brazo y, antes de que Alana pudiera decir nada, la llevó hasta un hombre que estaba de espaldas vestido con un traje negro. Lo rodeaba un nutrido grupo en el que destacaban dos mujeres despampanantes. Y de repente, a Alana le flaquearon las piernas. Su corazón comenzó a latir con fuerza al reconocerlo. Fue aún peor cuando Rory se acercó a su oído.

–Se llama Lévêque. Pascal Lévêque –susurró.

–Creo que la he visto cubriendo el partido esta tarde, ¿no es así? –dijo Pascal en un tono inocente que resultó realmente sexy. Era como si nunca se hubieran conocido.

Por segunda vez en aquel día, Alana se perdió en sus ojos. Unos ojos que no había podido olvidar en toda la tarde. Se le secó la boca y le empezaron a sudar las manos. Aquella reacción era alarmante. Había jurado que no quería volver a tener nada que ver con los hombres, que no tenía tiempo para coqueteos ni frivolidades. No entendía por qué la presencia de ese hombre la afectaba de aquel modo. Otros hombres habían coqueteado con ella, la habían pedido salir y Alana los había rechazado sin ningún problema. Pero aquella situación era diferente. Y lo había sabido desde el primer momento en que había visto a Pascal, por eso había salido huyendo.

El silencio se alargó y Rory la pellizcó discretamente, pero con fuerza. Inmediatamente Alana tendió la mano.

–Sí, sí. Nos hemos visto antes.

Pascal Lévêque estrechó la mano de Alana. Tenía una mano enorme y cálida. Casi a cámara lenta se llevó la mano a los labios, sin dejar de mirarla a los ojos, y la besó en el dorso. Un escalofrío recorrió el cuerpo de Alana. Inmediatamente intentó soltarse, pero él no se lo permitió hasta que rozó con el dedo índice la parte interna de la muñeca, allí donde el pulso de Alana estaba a punto de estallar. Entonces, se puso derecho y la soltó. Fue un gesto sutil, pero que hizo temblar el suelo.

Pascal apartó la mirada y Alana se quedó sin aliento. En ese momento Rory los dejó a solas y dijo que se iba a por unas bebidas. El grupo que había estado rodeando a Pascal también había desaparecido. Volvió a mirarla intensamente.

—Has tenido tiempo de cambiarte de ropa, por lo que veo. Dime, ¿esto lo consideras también trabajo?

Alana se sintió irritada.

—Por supuesto que me he cambiado... Estamos en una fiesta. Y sí, estoy trabajando.

Pascal la recorrió con la mirada, a pesar de que llevaba un traje nada atrevido. Un traje negro, sin mangas y con cuello, cubierto por una chaqueta del mismo color. Nada tentador.

—Tú también te has cambiado —añadió Alana. Se sentía ridícula porque sabía que pasaba desapercibida entre las demás mujeres. Sin embargo Pascal conseguía destacar entre la multitud de hombres vestidos de idéntica manera: esmoquin negro, camisa blanca y pajarita.

—¿No quieres quitarte la chaqueta? Hace calor —dijo él con una mirada intensa.

¡Calor!

Alana estaba sintiendo una gota de sudor correr entre sus pechos. Era como si las palabras de Pascal hubieran convertido el salón en una sauna.

—No, estoy bien —mintió. Estar junto a él y a solas era excesivo.

Antes de darse cuenta de lo que estaba haciendo se llevó la mano al pelo y se colocó un mechón detrás de la oreja. Era un gesto propio de cuando estaba nerviosa. Él la miró y Alana se ruborizó. Maldición. No quería ponerse en evidencia delante de Pascal.

–Tu pelo está perfectamente... arreglado –dijo él con una media sonrisa.

¿Se estaba riendo de ella? En ese momento recordó lo que Rory le había comentado y dejó caer la mano.

–¿Es cierto que has pedido que te entreviste yo?

Él se encogió de hombros despreocupadamente.

–Es cansado, pero de vez en cuando tengo que ceder a las demandas de la prensa. Así que, sí, he pedido que vengas tú... con la esperanza de que, si eres tú quien me pregunta, quizás sea una experiencia más divertida de lo habitual.

Su mirada era cálida y sensual. Alana se sintió atacada como profesional ante aquellas formas. No obstante sonrió a pesar de que un fuego se estaba desatando en su interior. Trató de ignorar la reacción de su cuerpo.

–Señor Lévêque, si piensa que sólo por que soy una mujer voy a limitarme a preguntarle cuál es su color favorito, está muy equivocado –dijo recuperando el trato de usted para marcar distancia.

Si era necesario, se quedaría toda la noche despierta investigando la vida de aquel hombre.

La mirada de él se tornó fría y Alana se estremeció.

–Y si tú piensas que por ser una mujer voy a desconfiar de tu profesionalidad, estás aún más equivocada. El interés que pueda sentir es puramente profesional. He revisado tu trabajo y me ha impresionado.

Aquel comentario pilló completamente desprevenida a Alana y le entraron ganas de disculparse. Sin embargo la mirada de Pascal era gélida. Debía de ser horrible como enemigo.

–Bueno, yo... Es que no había pensado que... –comenzó a decir, pero él cortó la posible disculpa.

–Como ya he dicho, mi interés es puramente profesional... en lo que se refiere a la entrevista. Sin embargo... –dijo, y se acercó más a ella. El tiempo se detuvo. Alana inspiró. La mirada de Pascal se volvió ardiente y ella se sintió desorientada–. No puedo prometer que mi interés no vaya más allá.

Como ya le había pasado en el estadio, a Alana le dio la sensación de que la multitud había desaparecido. La adrenalina estaba recorriendo su cuerpo y sintió la urgencia de escapar.

–Señor Lévêque. Lo siento mucho, pero verá...

–¿Estás casada? –le soltó bruscamente. Alana se quedó impresionada.

–Sí –contestó sin pensar, y vio cómo los ojos que tenía frente a ella se ensombrecían. ¿Qué efecto tenía aquel hombre en su cerebro?–. No, quiero decir, estuve casada –añadió. Se mordió el labio y miró a su alrededor desesperada. Estaba deseando que Rory regresara. Volvió a mirar a Pascal y encontró un brillo nuevo en sus ojos. ¿Cómo demonios habían entrado en un terreno tan personal? De repente recordó sus palabras: «No puedo prometer que mi interés no vaya más allá».

Un torrente de recuerdos y de antiguas sensaciones invadió la mente de Alana. Aquella fiesta era demasiado parecida a su pasado y sintió claustrofobia.

–Estaba casada. Mi marido murió hace dieciocho meses –añadió tras inspirar profundamente.

Pascal fue a decir algo, pero justo en ese momento las plegarias de Alana fueron escuchadas y Rory regresó con las bebidas. Le entregó una copa de champán a ella y un vaso con un licor que parecía whisky a él.

Alana dejó la copa sobre una mesa cercana y derramó parte de ella. Abrió el bolso y sacó el teléfono móvil. Diez llamadas perdidas.

–Estoy en un apuro –gimió, y se volvió hacia Rory–. Me tengo que ir –añadió, y miró por un instante a Pascal–. Lo siento, pero llego tarde a otro compromiso.

Dio unos pasos atrás, haciendo caso omiso a la expresión del rostro de Rory. Se chocó con otro invitado y pidió disculpas. Se volvió a toquetear el pelo. Estaba muy nerviosa y a punto de perder los papeles.

–Encantada de... haberlo conocido, señor Lévêque. Estoy deseando entrevistarlo –concluyó, aunque era mentira.

–Igualmente –contestó él con una sonrisa enigmática–. *Á demain*, Alana. Hasta mañana.

Resultaba desconcertante tratar de mantener una conversación coherente cuando Pascal acababa de tener el ataque de deseo más fuerte de su vida. A pesar de la feliz noticia de que Alana no estaba casada, la mente de Pascal no podía detenerse. ¿Con quién se habría ido, adónde? ¿Sería una cita?

–¿Y qué es lo que le ha hecho decidirse por Alana Cusack para la entrevista? –le preguntó Rory Hogan, el director de los informativos deportivos del canal nacional y jefe de Alana. Aquel hombre le estaba empezando a poner nervioso. En parte porque no dejaba de adularlo y en parte porque le estaba recordando el corto trayecto en coche desde el estadio a la fiesta. Durante el recorrido había tratado de borrar a Alana de su mente, pero no había logrado evitar hacer unas llamadas para averiguar quién era exactamente. Finalmente había terminado solicitándola para la entrevista.

–Me he decidido porque es la mejor reportera que tiene, por supuesto.

–Bueno, gracias. Sí, es buena. De hecho nos ha sorprendido a todos –dijo, y se acercó un poco más a Pascal. Se notaba que cada vez estaba más borracho–. La cosa es que sólo le dimos una oportunidad porque era quien era.

–¿A qué se refiere? –preguntó con curiosidad aunque intentó fingir indiferencia.

Rory soltó una carcajada y rodeó con el brazo a Pascal.

–¿Ve a todas las mujeres que hay aquí? –preguntó.

Estaban rodeados. Pascal puso una expresión de disgusto. Aquellas fiestas siempre atraían a mujeres que estaban a la caza de deportistas millonarios o con tarjetas de crédito infinito. Las mujeres que ya habían conseguido casarse con uno miraban con desdén a las que lo intentaban, pero eso no las convertía en menos peligrosas.

–Bueno, pues Alana era una de ellas. La reina, de hecho. Estaba casada con Ryan O'Connor –explicó Rory.

Pascal inspiró impresionado. Incluso él había oído hablar del legendario jugador de fútbol. Aquella historia no le pegaba nada con la mujer discretamente vestida de negro y de cuidada melena rubia que acababa de marcharse.

–La boda fue la mayor que se había celebrado en Irlanda en años. Fue la primera gran boda de un famoso. El equipo irlandés de fútbol estaba en racha y consideraban a Alana su mascota porque iba a todos los partidos. Era el matrimonio ideal, una época preciosa... hasta que ella lo estropeó todo –dijo Rory sonrojado. No había quien lo parara–. Bueno, no quiero decir que ella personalmente fuera la responsable, pero...

–¿Qué quiere decir? –preguntó Pascal tratando de recordar lo que sabía del futbolista. Estaba impresionado con la historia.

–Bueno, ella lo abandonó, ¿o no? Sin motivo alguno. Entonces Ryan se descarrió. La suerte de Irlanda se acabó. Y después él se mató en un accidente de helicóptero justo antes de que el divorcio llegara a término. Nosotros acabamos dándole el trabajo porque fue tremendamente insistente y conoce perfectamente el mundo del deporte, desde dentro y desde fuera. Lo lleva en la sangre, su padre también jugó en la selección de rugby de Irlanda.

Pascal comparó la imagen que tenía de Alana con la de las mujeres que lo rodeaban en aquel momento, enfundadas en vestidos tan cortos que dejaban poco a la imaginación. Se había marchado sonrojada y toqueteándose nerviosamente el pelo. Había sido justamente aquella actitud la que había despertado su deseo. Había tenido la sensación de que ella también se había derretido bajo aquella apariencia tan fría.

El hecho de que hubiera pertenecido a aquel grupo de mujeres disgustó a Pascal. Era evidente que Alana no había coqueteado con él. A menos que tuviera una estrategia. En tal caso estaba preparado para descubrirlo, para jugar con ella y ver hasta dónde estaba dispuesta a llegar y él se largaría cuando ya hubiera obtenido lo que quería. Una cosa estaba clara, quería seducirla urgentemente.

Al día siguiente Alana se miró en el espejo del servicio de mujeres del estudio. Se arregló la melena por enésima vez porque, aunque odiara reconocerlo, estaba nerviosa. Se hizo una coleta, como siempre que trabajaba, y se recogió los mechones que quedaron sueltos. Se inclinó para revisar el maquillaje. Había tenido que ponerse más de lo habitual para ocultar las ojeras. La noche anterior había llegado tarde a casa y se había puesto a buscar toda la información posible sobre Pascal Lévêque. Lo cierto era que no había logrado demasiada. Era rara la vez que concedía una entrevista, la anterior había sido dos años atrás. Era el director ejecutivo de Banque Lévêque y había alcanzado aquel puesto a una edad muy temprana. En aquel momento, bien entrado en la treintena, había logrado transformar un pequeño y anticuado banco en una de las instituciones financieras más influyentes del mundo.

Alana se dio cuenta de que estaba ruborizada y se echó unos polvos más para disimular. Apenas si se sabía nada de la infancia o la familia de Pascal, sólo que había nacido en uno de los suburbios de París y que era hijo de madre soltera. Nada sobre su padre.

Sonrió con ironía. No le hubiera sorprendido mucho descubrir que era un hombre casado. Sabía por experiencia que el sagrado sacramento del matrimonio era un aliciente más para muchos hombres a la hora de coquetear con otras mujeres. Dejó de intentar disimular el rubor. Si seguía pintándose, parecería un payaso. Se miró a los ojos y no le gustó el brillo extraño que halló.

En todas las fotos que había encontrado de Pascal en Internet había aparecido abrazado a mujeres espectaculares. Daba la sensación de que había sido cortejado por un número indecente de actrices de renombre, modelos y mujeres florero. Eso sí, ninguna mujer aparecía en más de una foto.

Era evidente de que se trataba de un seductor en serie y buen conocedor de las mujeres. Un donjuán con mayúsculas. Y Alana Cusack, que provenía de una buena y sencilla familia de clase media, con un cuerpo y una cara relativamente bonitos, no jugaba en aquella liga. Ni de lejos.

Él era rico. Poderoso. Un hombre de éxito que sólo jugaba para ganar. Era la encarnación de todo aquello que Alana había jurado que no volvería a entrar en su vida. Recogió el maquillaje y se miró por última vez. Había escogido un traje de chaqueta y pantalón azul marino junto con una camisa de seda de color crema. Se había abotonado hasta arriba para parecer ante todo profesional. Se colocó el collar de perlas falsas. Con un poco de suerte Pascal habría seducido a alguna de las mujeres de la fiesta la noche anterior y ni siquiera recordaría que había mostrado cierto interés por ella.

—Vamos a empezar, ¿de acuerdo? —propuso Alana con eficiencia cuando Pascal entró en el estudio. Sin embargo percibió cómo algo acababa de cambiar en el ambiente. Se podía palpar la tensión. Alana no había notado un magnetismo igual nunca.

El asesor de imagen de Pascal le había pasado una breve nota en la que le advertía que no se adentrara en temas personales y que, bajo ningún concepto, le preguntara sobre sus relaciones con las mujeres. Como si Alana hubiera tenido la intención...

–Dame un par de minutos. Necesito volver a comprobar las luces –le contestó Derek. Alana murmuró algo contrariada sin motivo. Quería que aquello acabara lo antes posible.

–¿Te acostaste tarde anoche? –le soltó Pascal.

Alana alzó la mirada y se dio cuenta de que nadie salvo ella había oído la pregunta. Le molestó el tono de confidente que acababa de emplear. Hacía sólo veinticuatro horas que lo conocía. Tenía que cortar aquellas confianzas de raíz. Miró fijamente a Pascal, a pesar de los escalofríos que estaban recorriendo su cuerpo.

–No –replicó en un tono gélido–. No especialmente, ¿y usted? –replicó. ¿Por qué demonios le acababa de hacer esa pregunta?

Él sonrió, lenta y lánguidamente. Alana estuvo a punto de desmayarse. Apretó los dientes. Pascal, de nuevo, tenía una presencia impecable: traje negro, camisa de un color pálido y corbata de seda. El aspecto propio del exitoso hombre de negocios que era.

–Yo me fui a la cama pronto tras tomarme un vaso de leche con cacao y soñé contigo y tu camisa abotonada hasta arriba –contestó. Y antes de que ella pudiera reaccionar al comentario, un brillo especial iluminó los ojos de Pascal–. Veo que has variado de modelo. ¿Tienes un traje diferente para cada día de la semana?

Alana se ruborizó sin poder controlarlo. Estaba tan furiosa porque estuviera intentado jugar con ella, que se quedó sin palabras.

–Todo listo, Alana. Estamos preparados para empezar –le anunció Derek, y logró así que se le enfriara la sangre.

Miró detenidamente a Pascal mientras luchaba para recuperar el control sobre sí misma. No había dejado de mirarla ni un instante y en aquel momento tenía una inocente sonrisa dibujada en los labios. Con gran esfuerzo Alana logró calmarse e iniciar la entrevista. Después de las primeras preguntas y de las respuestas incisivas e inteligentes de Pascal, ella comenzó a relajarse. Había encontrado una estrategia que estaba funcionando: mirarlo sólo cuando era estrictamente necesario.

Y funcionó hasta que él dijo:

–Siento que no está conectando realmente conmigo.

Alana alzó la mirada.

–¿Perdone?

Pascal sonrió con picardía.

–No siento la conexión.

Alana era consciente de que estaban rodeados de gente que los contemplaba con interés. Tuvo ganas de levantarse y largarse, o mejor aún, de pegarle una bofetada para borrar aquella estúpida e intensa mirada.

–Lo siento. ¿Y cómo puedo ayudarlo a sentir... esa conexión?

Pascal la miró de tal manera que las palabras sobraron.

–Me serviría de ayuda que mantuviera el contacto visual –sugirió.

Alana oyó unas risitas y sintió una desazón bien conocida. Nunca faltaba un recordatorio de que había gente que estaba deseando verla fracasar.

–Desde luego –replicó con una sonrisa radiante.

La entrevista iba a tomar un rumbo totalmente distinto porque Alana no iba a permanecer inmune a aquella mirada, y Pascal lo sabía. A medida que las preguntas se sucedían, Alana iba sintiéndose absorbida por un extraño magnetismo. La sensación de que la estaba atrapando una red demasiado íntima se estaba convirtiendo en insoportable.

En un intento desesperado por llevarlo a su terreno, Alana se desvió del guión.

–¿Cómo desarrolla un chico de los suburbios de París su interés por el rugby? ¿No se considera un deporte propio de las clases medias?

Pudo sentir la tensión de Rory y la del asesor de imagen de Pascal, pero ninguno de los dos intervino. Evidentemente, a diferencia de otros famosos, Pascal Lévêque era un hombre que se bastaba solo. Era capaz de controlar cualquier situación. Por primera vez en toda la entrevista, no contestó inmediatamente. Se limitó a mirarla y sonrió con cierta tensión. Alana se estremeció con miedo.

–Veo que ha estado investigando.

Ella asintió sin dejar de arrepentirse por haber sacado un tema tan personal.

–Fue por mi abuelo –contestó él finalmente.

–¿Su abuelo?

Pascal asintió.

–Me llevaron a vivir con él al sur de Francia cuando llegué a la adolescencia –añadió encogiéndose de hombros–. Un adolescente y los suburbios de París no son una buena combinación.

Hubo algo en la mirada de Pascal que hizo que Alana sintiera ganas de decirle que no hacía falta que dijera nada más y se extrañó ya que nunca le había costado plantear preguntas difíciles. No sabía por qué aquella cuestión tenía tanto trasfondo, pero Pascal continuó hablando como si la tensión entre ellos hubiera desaparecido.

–Mi abuelo estaba metido en la liga de rugby. Era una liga pequeña, pero muy unida a la historia de Francia. Él logró inculcarme el amor a este deporte en todas sus variantes.

Alana no tuvo duda de que había tocado un tema

muy personal y algo en la mirada de Pascal la advirtió de que, si seguía por ese camino, estaría jugando con fuego. Pero de repente a ella le entraron unas ganas locas de profundizar.

–¿Y nunca ha considerado jugar usted mismo?

Él negó con la cabeza. Sus ojos negros brillaron con fuerza, pero seguían inescrutables.

–Enseguida descubrí que se me daba bien utilizar la cabeza y hacer dinero. Prefiero dejar que sean los profesionales los que se embadurnen en el barro.

Alana se ruborizó. ¿Acaso estaba insinuando que ella estaba jugando sucio por entrar en el área prohibida de su pasado personal? Miró hacia abajo un instante para recomponerse y se dio cuenta de que aún había muchas preguntas en el guión. Y las planteó. Después, justo cuando iba a darle las gracias y a despedirlo, Pascal se echó levemente hacia delante y la interrumpió.

–Ahora soy yo quien tiene una pregunta –le soltó.

–¿Ah, sí? –preguntó aterrorizada.

La mirada de Pascal ya no era ni tan oscura... ni inescrutable.

–¿Quiere cenar conmigo esta noche?

Alana se quedó petrificada. Y enfadada de que le estuviera haciendo semejante proposición delante de todo el equipo. La cámara aún estaba grabando. La tensión flotaba en el estudio.

Fingió una sonrisa, pero sus palabras sonaron forzadas.

–Me temo, señor Lévêque, que mi jefe no aprueba que mezclemos el trabajo con el placer.

Rory dio un paso al frente e indicó al equipo que empezara a recoger.

–No seas tonta, Alana, ésta es una situación especial y estoy seguro de que estás encantada de mostrarle al señor Lévêque nuestra gratitud por habernos cedido tiempo de su apretada agenda para esta entrevista –dijo el jefe.

Pascal se recostó en la silla satisfecho.

–Es mi última noche en Dublín. Pensaba que sería agradable ver algo de la ciudad. Me gustaría tu compañía, Alana, pero si insistes en decir que no, por supuesto lo entenderé –dijo recuperando el tuteo y poniéndose en pie. Miró a Rory mientras se estiraba los pantalones–. ¿Puedes mandar la cinta de la entrevista a mi hotel? Estoy seguro de que no hay ningún problema, pero me gustaría tener la oportunidad de aprobar todo el contenido si saco un rato.

La mirada asustada de Rory dejó bien claro que Alana tenía en sus manos la posibilidad de evitar que Pascal les denegara en permiso de emisión. Se puso en pie también e intervino antes de tener tiempo para arrepentirse.

–No será necesario, señor Lévêque. Estaré encantada en cenar con usted. Será un placer.

Capítulo 2

NO ME gusta sentirme manipulada, señor Lévêque.

Pascal miró el perfil de la mujer que estaba sentada en el otro extremo del asiento de atrás del coche. Tuvo que controlarse para no demostrarle lo mucho que le gustaría en realidad sentirse «manipulada». Estaba claro que ella también era consciente de la tensión sexual que había entre ellos. En un momento dado de la entrevista, cuando ella había ido muy lejos, tal vez demasiado lejos, sus miradas se habían encontrado durante unos segundos y había descubierto deseo en aquellos pozos verdes, aunque Alana lo negara.

—Yo prefiero considerarlo como un sutil empujoncito.

Ella lo miró inmediatamente y soltó una queja.

—No ha tenido nada de sutil. La amenaza de negarnos los derechos de emisión de la entrevista ha estado muy clara, señor Lévêque.

—Que es algo que todavía ahora podría hacer sin problema –puntualizó. Alana se giró aún más para mirarlo. Sus ojos despedían rayos y centellas. Pascal sintió una descarga de adrenalina. Estaba harto de que todo el mundo le rindiera pleitesía. Y aquella brujilla de ojos verdes no parecía dispuesta.

—¿Es ésta la manera en la que normalmente lleva sus negocios? –le preguntó sin importarle que la oyera el chófer.

En un rápido movimiento Pascal se acercó a ella, quien se echó hacia atrás bruscamente. Pudo oler aquella esencia única que ya era capaz de reconocer. Pascal estiró un brazo sobre el respaldo y su mano quedó demasiado cerca de la cabeza de Alana. Pascal estaba levemente inclinado sobre ella y sus anchas espaldas tapaban la luz tenue del atardecer. De repente pareció que estaban solos los dos en el mundo.

—Lo que tú me haces sentir no tiene nada que ver con los negocios. Y, digamos que, normalmente, no me suele hacer falta recurrir a amenazas para que las mujeres acepten una invitación a cenar.

Alana se preguntó cómo debía reaccionar. Tenía la sensación de que algo inevitable iba a suceder.

—No, por lo que he visto en los archivos, no parece que le suela hacer falta.

—Dime, Alana. ¿Por qué tantas reticencias para cenar conmigo?

«¿Y tú por qué estás tan empeñado?», pensó, y estuvo a punto de gritárselo. Tenía las manos sobre el regazo hasta que Pascal, antes de que ella pudiera evitarlo, se las agarró y entrelazó sus dedos con los de ella. Alana tuvo ganas de dejarse llevar y un deseo intenso la estremeció.

—Yo... ni siquiera te gusto —dijo olvidándose del trato de usted que había empleado para mantener las distancias.

—No me conoces lo suficiente como para saber si me gustas o no. Y lo que está pasando entre nosotros ahora mismo es mucho más que gustar.

Era lujuria en estado puro. No hacía falta que lo dijera.

—Yo...

Pascal la apretó con fuerza. Alana miró hacia abajo, estaba muy confundida. Vio sus manos pequeñas y pálidas entre las manos grandes y morenas de él. Haciendo un esfuerzo sobrehumano consiguió liberarse y alejarlas del alcance de Pascal. Se atrevió a mirarlo a los ojos, a pesar de que era consciente de que se iba a mostrar cautivada. Estaba cautivada. Ryan nunca la había mirado nunca de esa forma tan carnal y además la herida que le había dejado aún estaba abierta. Sin cicatrizar.

Pascal seguía muy cerca y le retiró un mechón de pelo de la cara.

—Me gusta tu pelo suelto.

—Mira, Pascal...

Tuvo una extraña sensación al llamarlo por su nombre. Él dejó caer la mano.

—Alana, es sólo una cena. Vamos a comer algo, a charlar y después te llevaré a casa.

—Vale —contestó, aunque estaba decidida a pillar un taxi para volver a casa. Después nunca más volvería a ver a Pascal.

El coche se detuvo frente a uno de los mejores restaurantes de la ciudad. Se bajaron y entraron. Todo el mundo los miró al pasar y Alana fue consciente del interés que estaban despertando. Aquél era un punto negativo más en la lista de las cualidades del hombre que la acompañaba.

—No tienes de qué preocuparte, Alana. No me hago ilusiones. Ya sé que esta cena para ti es sólo parte de tu trabajo —dijo cuando se sentaron. Alana se limitó a mirarlo y él arqueó una ceja—. Has insistido en recogerme en mi hotel, en vez de dejar que fuera a buscarte a casa. No te has cambiado de ropa.

—No he tenido tiempo de cambiarme. Y sí, para mí esto es trabajo —contestó tensa. Se sentía muy vulnerable—. Ya he tenido la experiencia de vivir muy expuesta a la opinión pública y no estoy dispuesta a que me vuelva a suceder. Estar aquí contigo, que me vean contigo simplemente, me puede colocar en una situación incómoda. No quiero que la gente piense que estamos teniendo una cita —añadió, y se recostó. La mirada de Pascal se ensombreció y el corazón de Alana comenzó a latir con fuerza.

—Así que sueles tener citas, ¿no, Alana?

–No.

–Pero estuviste casada con Ryan O'Co[...]

–No has tenido que investigar mucho para [...] –repuso a pesar de que se sentía muy frágil.

–No más de lo que tú has investigado sobre [...] vida.

–Era para una entrevista profesional.

–¿Te tengo que recordar que tus preguntas no han seguido precisamente el guión?

Alana se ruborizó. El destello en los ojos de Pascal era mitad hielo, mitad fuego.

–Has de saber que, si respondes a la prensa, siempre corres el riesgo de que se te hagan preguntas fuera de guión –replicó a la defensiva. Él inclinó la cabeza.

–Por supuesto, no soy tan ingenuo. Pero no sé por qué no me había imaginado esa actitud de ti.

Aunque fuera ridículo, Alana se sintió herida y culpable. Pascal tenía razón, en otras circunstancias, con otra persona que no la hubiera apretado tanto las tuercas, no se habría salido del guión.

En ese momento apareció la camarera. Los dos pidieron pescado y una botella de vino blanco. Una vez que los dejó de nuevo a solas, Pascal se puso recto.

–Te puedes decir a ti misma que ésta es una cena de trabajo, Alana, pero yo no te he pedido que me acompañes para hablar de trabajo. Es un tema que me resulta realmente aburrido cuando hay cuestiones mucho más interesantes de las que hablar...

–¿Como por ejemplo? –preguntó engatusada por aquella mirada fría, pero que albergaba una oscura promesa.

–Por ejemplo, dónde estuviste anoche ya que no tienes citas –replicó tras beber un sorbo de vino. Alana lo imitó, se le había secado la boca.

La tensión pasó a un segundo plano porque Alana se estaba derritiendo literalmente y no lo podía evitar. Algo en ella estaba respondiendo a las señales de Pas-

r un poco. Así que accedió
...pleaños de su hermano.
...ción hacia sus seis herma-
...s padres.

...e casados y con hijos?

...rada de horror de Pascal. A
...a las familias numerosas ir-
...dentro volvió sentirse cul-
...a la oveja negra de la familia.

—Mi familia es el vivo ejemplo de una gran familia.
Tengo un abuelo, un total de quince sobrinos y mis padres llevan felizmente casados más de cincuenta años
—explicó sobreponiéndose a sus sentimientos.

—¿Y cuál es tu lugar?

—Yo soy la niña pequeña. Soy la hija menor, me
llevo diez años con el anterior hermano. Por lo visto
soy fruto de un afortunado desliz. La distancia en edad
con mis hermanos ha hecho que, a pesar de pertenecer
a una gran familia, a veces me haya sentido como una
hija única. Recuerdo estar casi siempre sola con mis
padres.

Alana se quedó en silencio pensando en sus padres.
Cada vez estaban más mayores y delicados, sobre todo
su padre. El año anterior le habían tenido que poner un
triple *by-pass*. Debido a que sus hermanos estaban
muy ocupados con sus propias familias, el cuidado y la
preocupación sobre los padres recaía sobre todo en
ella. A Alana por supuesto no le importaba. Sin embargo, se daba cuenta de que ellos estaban preocupa-
dos por ella ya que querían verla establecida como sus
hermanos. Sobre todo después de Ryan.

Alana probó el café y evitó la mirada penetrante de
Pascal. Tenía la sensación de que le estaba adivinando el
pensamiento. Ojalá el café despejara los efectos del vino,
que había sido como un néctar embriagador. Se había
quitado la chaqueta y el tacto de la seda de la camisa le

estaba resultando realmente sensual. Se dio cuenta de que resultaba muy fácil charlar con Pascal Lévêque. Era atento, encantador, mostraba interés... y era un hombre interesante.

–¿Entonces qué te pasó? –le preguntó con suavidad sacándola de sus pensamientos.

–¿A qué te refieres?

–A tu matrimonio. Estabas a punto de divorciarte cuando tu marido murió, ¿no es así?

Inmediatamente el encanto del momento se desvaneció y Alana se puso en alerta. Se echó por encima la chaqueta como si estuviera buscando algún tipo de protección.

–Ya veo que tu fuente de información no se ha quedado en lo superficial y ha entrado en detalles –dijo secamente. Pascal se quedó boquiabierto.

–No te estoy juzgando ni nada por el estilo, Alana. Es sólo una pregunta. Ya me imagino que no debió de ser fácil tomar la decisión de divorciarte viniendo de la familia que me has descrito.

Aquel hombre no conocía ni la mitad de la historia. Ni siquiera la familia de Alana la conocía. Se habían quedado tan desconcertados y consternados con el comportamiento de Alana como el resto del país. Y su marido había explotado aquella situación para ganarse todas las simpatías.

Desvió la mirada hasta que recuperó fuerzas para volver a mirar a Pascal.

–Preferiría no hablar de mi matrimonio.

Pascal se vio tentado a presionarla un poco más, pero era evidente que Alana se había cerrado en banda. A medida que había ido avanzando la velada la había visto más y más relajada. Él se había tenido que contener para no observar la deliciosa curva de sus pechos. Seguía sin entender por qué se empeñaba en ir tan tapada.

Decidió no presionarla en aquel momento porque, si

lo hacía, la perdería y nunca antes le había intrigado una mujer de aquel modo. Tenía que ser paciente y cuidadoso, no obstante la caza había comenzado.

–No hay problema –dijo con su mejor sonrisa antes de pedir la cuenta. Inexplicablemente la expresión de alivio de Alana le llegó muy dentro.

Pascal no estaba dispuesto a escuchar las protestas de Alana. Insistió en llevarla a su casa, que estaba a sólo diez minutos del restaurante. Era una casa baja pequeña situada en una plazoleta en el casco antiguo de Dublín. El coche era demasiado grande como para pasar y Alana aprovechó para, prácticamente, saltar del coche en marcha. Sin embargo, él también fue rápido en salir y la acompañó caminando hasta la casa.

Cuando llegaron a la puerta, Alana se giró. Era ridículo, pero se sentía asustada, más que de él, de sí misma. Estaban muy cerca. La luna brillaba en el cielo despejado y el viento de febrero era fresco. Sin embargo, ella no tenía frío, sino todo lo contrario. Sabía que, si Pascal intentaba besarla, no iba a ser capaz de resistirse. Y ese pensamiento hizo que se estremeciera. Le echó la culpa al vino. Y al encanto innato y seductor de aquel francés.

De repente Pascal dio un paso atrás y ella uno adelante, como si estuvieran unidos por un hilo invisible. Los ojos de él brillaron como si hubieran percibido y comprendido ese gesto.

Antes de que Alana se diera cuenta, Pascal le estaba besando la mano, tal y como había hecho la noche anterior en la fiesta. Aquel gesto tan pasado de moda le conmovió, pero la dejó desconcertada. Tenía las hormonas disparadas entre el deseo y la tensión. Y fue entonces cuando Pascal, tras una última mirada penetrante, se dio la vuelta y comenzó a caminar de vuelta al coche. Alana pronunció su nombre casi sin querer, a pesar de lo que le estaba diciendo el sentido común, y él se giró.

—Sólo... sólo quería darte las gracias por la cena.

Pascal caminó hacia ella. Por un instante a Alana le dio la sensación de que se estaba acercando para besarla. Dio un paso atrás, fruto del pánico y de la anticipación. Pero él se detuvo al llegar junto a ella. Le retiró un mechón de la cara. Era un gesto que ya había repetido en el coche. A ella le entraron las ganas de girar el rostro para que le acariciara la mejilla, pero la mano de Pascal acababa de dejar de tocarla. Sus ojos brillaban en la oscuridad.

—De nada, Alana. Pero no te confíes. Nos volveremos a encontrar, te lo prometo.

Se dio de nuevo la vuelta y regresó al coche. Entró, cerró la puerta y el coche desapareció. Alana se quedó paralizada, boquiabierta.

A pesar de que se había estado repitiendo a sí misma que no estaba interesada en aquel hombre, tenía que admitir que era mentira. Pascal había traspasado el muro que había construido tras la boda con Ryan O'Connor, cuando su vida se había convertido en una pesadilla. Era aterrador que en el plazo de veinticuatro horas, se sintiera decepcionada porque un hombre que apenas conocía se hubiera marchado sin besarla. La actitud fría que la caracterizaba, que escondía cada amarga decepción, cada sueño roto, de repente se estaba tambaleando.

La mañana siguiente, mientras se tomaba un té de pie en su pequeña cocina, Alana se sintió más tranquila. No tenía más que mirar a su alrededor, a su casa diminuta para notar que pisaba tierra firme. Aquélla era la realidad. Aquello era lo que se había podido permitir después de la muerte de Ryan. A pesar de lo que la gente pensara, no había heredado millones después de que su marido, la estrella de fútbol, hubiera muerto en el accidente.

Todavía estaba recuperándose emocional y económicamente de los cinco años de matrimonio. Las heridas emocionales sabía que cicatrizarían algún día, los problemas económicos la iban a mantener en aquella casa mínima y trabajando duro durante mucho tiempo. Lo cierto era que Ryan había dejado deudas astronómicas y, como el divorcio no se había consumado antes de su muerte, en aquel momento eran responsabilidad de Alana. La venta de la mansión en el lujoso barrio de Dalkey, apenas si había cubierto algunos préstamos.

Alana apuró el último trago de té y enjuagó la taza. Era consciente de que el orgullo no era una virtud, pero al menos le había servido para no perder totalmente la dignidad. Nunca le había confiado a nadie la situación desesperada en la que se había hallado su matrimonio, ni el día en el que había entrado en su dormitorio y se había encontrado a Ryan junto a tres mujeres que habían resultado ser prostitutas. Todos estaban puestos de cocaína. Él había estado tan fuera del mundo que ni siquiera se había dado cuenta de que había llevado a sus invitadas al dormitorio de Alana. Para entonces ya llevaban tres años durmiendo en habitaciones separadas.

Aquel día la humillación había llegado al límite. La presión de tener que mantener la fachada de un matrimonio feliz se había vuelto insoportable. Alana se había marchado y había solicitado el divorcio.

Pero su astuto marido se había asegurado de que pareciera que había sido ella quien lo había abandonado fríamente. Alana no había sospechado nada cuando Ryan se había ofrecido amablemente a mudarse de casa, pero debería haberlo adivinado. El hombre con el que se había casado se había transformado en una persona completamente distinta cuando había empezado a ganar grandes sumas de dinero y se había convertido en una estrella nacional.

A Alana se le había roto el alma al reconocer que su matrimonio había fracasado. No había querido contarle a nadie aquella verdad tan espantosa. No obstante, aunque hubiera querido no se hubiera atrevido ya que la salud de su padre era muy frágil y su madre estaba completamente centrada en él. Además, por aquella época, a una de sus hermanas le habían diagnosticado cáncer de pecho. Alana, al separase se había mudado a casa de su hermana para ayudar a su cuñado con sus tres hijos durante los meses en los que Màrie había recibido tratamiento. Sus problemas matrimoniales habían pasado a un segundo plano y ella lo había agradecido. Había ocultado sus verdaderos sentimientos.

Había sucedido tal y como Pascal había intuido la noche anterior. Le había resultado muy difícil, rodeada de hermanos felizmente casados, ser la única que había fracasado en el matrimonio y preocupar tanto a sus padres. Era evidente que no tenía buen criterio respecto a los hombres. No podía confiar en ella en ese tema. Y Pascal Lévêque había hecho sonar todas las alarmas.

Alana bruscamente agarró las llaves y el abrigo. No estaba dispuesta dejar que su mente siguiera la ruta equivocada, la de ceder a los avances de Pascal Lévêque. Además, estaba claro, que en aquel momento, él ya se habría olvidado completamente de la irlandesita que le había llamado la atención durante apenas treinta y seis horas.

Treinta y seis horas. Eso había sido todo. Pero no había sido bastante. Pascal estaba de pie asomado a la ventana de su despacho de París, situado en el barrio de La Dèfense.

Alana Cusack estaba ocupando un espacio en su mente que normalmente estaba reservado a las cifras y los hechos. Habitualmente Pascal no tenía ningún problema en aparcar los pensamientos sobre las mujeres a un lado. No solía pensar en ellas durante el día. Sólo las necesitaba para el placer, para un placer fugaz. Siempre le había gustado sentirse libre, así como la emoción de la conquista. Sin ataduras, sin compromiso.

Pero en aquél momento una brujilla de ojos verdes, cargada de preguntas impertinentes le había despertado un deseo incontenible. Tenía que sacarse a aquella mujer de la cabeza. Se tenía que demostrar a sí mismo que el deseo había aumentado sólo porque ella llevaba una coraza y se había mostrado misteriosa. El hecho de que hubiera estado casada lo intrigaba. Era evidente que se había quedado asustada después del matrimonio. ¿Estaría ahí la explicación de que estuviera tan tensa, tan alerta y a la defensiva? ¿Estaría penando aún por su difunto esposo?

Pascal, impaciente, se pasó la mano por el pelo. ¡Suficiente! Se dio la vuelta y llamó a su secretaria personal. Ella escuchó las instrucciones y apuntó todos los detalles. Era lo bastante profesional como para no decirle a Pascal que lo que acababa de pedirle no estaba en absoluto dentro la normalidad.

Porque no lo estaba.

–Hay algo para ti en tu mesa, Alana.

–Gracias, Soph –contestó distraída. Alzó la vista para sonreír a Sophie, la secretaria de planta, antes de entrar en su minúsculo despacho. Pero la sonrisa se le borró de los labios cuando contempló la expresión pícara de la secretaria. Con el corazón a punto de estallar, Alana abrió la puerta del despacho y sobre su mesa halló el ramo de flores más grande que jamás hubiera visto en su vida. Era un ramo original y enorme. Con dedos temblorosos agarró la tarjeta que acompañaba al ramo.

Miró atrás y, al no ver a nadie, cerró la puerta. Abrió el sobre y encontró una tarjeta. Allí, con una caligrafía perfecta sólo había escrita una enigmática palabra: «*Yo*».

Alana se quedó completamente desconcertada. La tarjeta era enigmática. Las flores podían ser de cualquiera.

Incluso de él.

Nadie la había mirado de forma insinuante después de Pascal. Ni siquiera el joven reportero que en la fiesta de Navidad del año anterior, completamente borracho, le había declarado que estaba enamorado de ella. Tampoco era su cumpleaños, ni había cuidado de sus sobrinos recientemente.

El resto del día Alana se sintió inquieta como una gata encerrada en un garaje. Completamente distraída. Se marchó cuando estuvo segura de que todo el mundo había salido para que no la vieran marcharse con las flores.

Al día siguiente, Alana regresó a la oficina.

–Buenos días –saludó Sophie–. Hay algo para ti en tu mesa.

A Alana se le paró el corazón. Era como lo que ocurría en aquella película sobre el Día de la Marmota. Entró en el despacho con el corazón latiéndole a toda velocidad y cerró rápidamente la puerta. Otro ramo de flores. Algo distinto del anterior, pero igual de exagerado. Abrió el sobre y sacó la tarjeta que decía: «*Iré*».

Alana estaba sentada en el comedor de su casa. Era viernes y se sentía muy confusa. La fragancia de las flores invadía su diminuta casa. Había un jarrón sobre la mesa de café y otro sobre la mesa que tenía frente a sí. Allí también estaban alineadas las cinco tarjetas que habían acompañado a cada ramo cada día de la semana.

Todas juntas tenían sentido: «*Yo iré a verte esta noche*».

Había entendido el sentido de la frase aquella mañana cuando había recibido el quinto ramo. Llevaba todo el día con un nudo en el estómago y con un extraño cosquilleo. Inicialmente había pensado en ir al cine o en llamar a sus amigos para tomar algo, cualquier cosa con tal de no estar en casa ya que había imaginado que la iría a buscar.

No obstante, no dejaba de tener la sensación de que lo inevitable no se podía esquivar. No estaba preparada para aquello. Tenía que explicárselo y hacer que se marchara. Pero, aun así... el gesto, las flores y la intención de volar de vuelta a Dublín sólo para verla, resultaba muy emocionante.

El teléfono sonó y rompió el silencio. Alana pegó un bote y su corazón se aceleró.

—¿Sí?

—¿Qué hay entre tú y Pascal Lévêque?

—Ailish —dijo Alana recostándose en el sofá. Era su hermana mayor, la más mandona y tenía la capacidad de sacar a Alana de sus casillas. Veinte años las separaban y a veces, muchas veces, Alilish se pasaba de la raya. No tenía mala intención, lo que compensaba sus malas formas.

—¿Qué? ¿Qué está pasando? Por lo visto uno de los más distinguidos solteros del mundo te llevó a cenar el fin de semana pasado.

—¿Cómo te has enterado? —preguntó tensa.

—Ha salido en la prensa rosa hoy.

Alana soltó un quejido. ¿Cómo no lo había pensado? Seguro que alguien del trabajo había filtrado la noticia.

—Mira, lo entrevisté y me invitó a cenar. Eso es todo. No hay nada más —dijo cerrando los ojos para no ver su casa llena a reventar de flores.

—Bueno, sólo espero que no les regales una portada

diaria luciéndote del brazo de semejante Casanova. ¿Te imaginas que papá y mamá lo vieran? Ya ha sido bastante difícil defenderte ante toda la nación después de que abandonaras a Ryan.

Alana se puso en pie. Le temblaba todo el cuerpo. Volvió a sentirse culpable.

—Ailish, no es asunto tuyo ni lo que yo haga ni a quién vea. ¿Acaso me dedico yo a comentar tu matrimonio con Tom?

—No necesitas hacerlo. No somos el tema de conversación de todo el país a la hora del café.

En aquel momento sonó el timbre de la puerta y Alana se levantó inmediatamente para abrir.

—Te repito que no es asunto tuyo —replicó alzando el tono de voz. El juicio de su hermana la estaba sacando de quicio. El cerrojo se le estaba resistiendo, así que sostuvo el teléfono con ayuda del hombro para poder usar ambas manos—. Soy una mujer adulta y puedo ver a quien quiera, ir donde quiera y acostarme con quien me apetezca.

Por fin la puerta se abrió y tuvo frente a sí la imponente figura de Pascal Lévêque. Los latidos de su corazón se aceleraron. Había dejado de pensar en él durante la conversación. Aturdida, alzó la cabeza y se le cayó el teléfono

Pascal se inclinó y lo recogió.

—¿Alana? ¡Alana! —se oyó la voz de Ailish.

Pero Alana no podía apartar la mirada de Pascal. Agarró el teléfono y se lo llevó a la oreja.

—Ailish, acaba de venir gente a casa. Te llamo después, ¿vale?

Ya era demasiado tarde para escapar de Pascal.

Capítulo 3

ALANA entró en casa seguida de Pascal. Se cruzó de brazos y lo miró con reprobación. Una vez más comprobó que aquel hombre tenía un magnetismo especial. Todo se volvía más intenso cuando él entraba en escena. Alana intentó obviar el hecho de que jamás había estado cerca de un hombre tan guapo y de que la mirada que la estaba atravesando rozaba la indecencia.

–Esta conversación telefónica no tenía que haber sucedido. Y es todo culpa tuya.

Pascal inclinó levemente la cabeza. Parecía un gigante en el pequeño salón.

–Te pido disculpas, pero sólo he escuchado la última frase que me ha parecido bastante intrigante. Tendrás que perdonarme porque estoy completamente seguro de que tú y yo no nos hemos acostado, todavía.

–¿Te has enterado de que nuestra cena ha salido hoy en las revistas? –preguntó ruborizada. Le estaba costando contener la rabia.

Pascal negó con la cabeza, sin dejar de mirarla, como si la estuviera hipnotizando.

–No, no sabía nada. Pero, claro, había gente en el restaurante y un par de compañeros tuyos me oyeron cuando te invité. Habrá habido una filtración.

–¿Un par? El equipo completo estaba en el plató. Está grabado, por el amor de Dios –replicó tras soltar una carcajada irónica.

Pascal empezó a quitarse el abrigo y sacó una botella de vino de la nada, como si fuera un mago. Alana se quedó pasmada y extendió los brazos para indicarle que parara.

—De ninguna manera. No vas a presentarte con una botella de vino y nos vamos a sentar a charlar en la intimidad —añadió negando con la cabeza enérgicamente.

Para ser un hombre grande, los movimientos de Pascal eran rápidos y ágiles. Ya se había quitado el abrigo y no parecía dispuesto a marcharse. Alana sabía que parecía desesperada, pero lo cierto era que lo estaba.

—No me importa dónde vayamos, Alana. Pero he venido hasta aquí para verte y no te vas a escapar —afirmó en un tono aterciopelado pero firme. Estaba hablando completamente en serio.

Alana tragó saliva.

—¿Pero qué quieres? —preguntó ella rendida. Aquel hombre había traspasado todas sus defensas.

Pascal se reprimió y no le dijo exactamente lo que deseaba. No quería asustarla. Pero lo que realmente quería tenía que ver con llevar menos ropa puesta y con una superficie lisa y preferiblemente suave. Alana estaba vestida completamente de negro y llevaba el pelo recogido. No había botones, pero sí un cuello alto que lo ocultaba todo. Sin embargo, el jersey debía de ser de lana de cachemir porque se ajustaba perfectamente a su pecho. Era la primera vez que Pascal apreciaba realmente sus curvas. La silueta de los pechos firmes y redondos le resultó una verdadera tortura. Se imaginó tomando aquellos frutos suculentos entre las manos, los pezones endureciéndose contra sus dedos...

Cerró enérgicamente la puerta de su imaginación. Su excitación estaba a punto de hacerse evidente, así que se forzó a mantener la calma.

—Lo que quiero es tomarme contigo esta botella de vino y charlar. Podemos ir a cualquier otro lado si lo prefieres.

Alana lo miró con reticencia. Odiaba que invadiera

su espacio de aquella manera. Era inamovible como una roca. Si iban a otro lugar, la situación se alargaría. Si se quedaban en casa, él se marcharía antes.

–Será mejor que nos quedemos aquí. Es viernes noche, la mayoría de los sitios estará repletos de gente a estas horas.

Ante la falta de entusiasmo de Alana, Pascal disimuló su alegría por aquel triunfo y le entregó la botella, con cuidado de no rozarla para que no se pusiera a la defensiva. *Dieu!* Aquella mujer despertaba todos sus sentidos.

Alana entró en la cocina americana mientras él, con las manos en los bolsillos, observaba el salón. Ella lo miró con susceptibilidad. Iba vestido de forma elegante: pantalones oscuros y camisa clara con el último botón desabrochado como si se acabara de quitar la corbata. Debía de haber ido directamente desde el trabajo, ¿en un avión privado? Sencillamente Alana no se lo imaginaba haciendo cola como el resto de los mortales para montarse en un vuelo regular. Pertenecía al tipo de hombres que sólo viajaban en aviones privados.

–Veo que has recibido mis flores.

–Sí, gracias. No tenías que haberlas mandado. Han generado muchos comentarios y especulaciones en el trabajo. Hubiera preferido que no las enviaras. Y además, como te habrás dado cuenta, esta casa no es precisamente grande para colocar tanta flor.

–Supongo que tienes razón. Lo siento si te he hecho pasar vergüenza, Alana. Sólo quería mostrarte que era cierto que quería volver a verte y no tenía tu número de teléfono, así que...

–No pasa nada, olvídalo. Los abuelitos que viven enfrente se han alegrado mucho cuando les he dado la mitad de la floristería que me has enviado –contestó tras descorchar la botella. Sin poder contenerse le dedicó a Pascal una media sonrisa. No le gustaba ser desagradecida cuando recibía regalos.

Pascal la estaba mirando deslumbrado, con la mirada fija en sus labios.

–¿Qué te pasa? –le preguntó ella. Pascal la miró a los ojos y después disimuló observando los libros y los grabados.

–Nada.

Alana sirvió dos copas de vino y le entregó una a Pascal, quien la miró intensamente antes de alzar el vaso. El corazón de Alana se disparó en anticipación de lo que pudiera decir.

–*Santé* –brindó él.

Ella chocó la copa y replicó en gaélico.

–*Sláinte*.

Ambos bebieron. Alana no se podía creer que Pascal estuviera frente a ella. El vino era suave y tenía una fragancia deliciosa. No cabía duda de que era un vino caro.

Alana invitó a Pascal a sentarse en el sofá y ella se sentó en el sillón que estaba enfrente. La iluminación era tenue. El ambiente excesivamente íntimo. Aquella casa era su refugio, sin embargo Pascal no desentonaba. Aún estaba enfadada, pero la sensación de excitación era más fuerte.

–¿Has comido? –le preguntó.

–No –repuso Pascal, que en ese preciso instante fue consciente de que no había comido nada en todo el día. Se había pasado las horas pensando en llegar a Dublín.

Alana dejó la copa sobre la mesa y se puso en pie.

–Me iba a preparar algo para cenar... ¿Si quieres?

–Estupendo. Estoy muerto de hambre –contestó, y sonrió.

–Iba a preparar un lenguado, no es gran cosa. Pero hay dos.

–Me parece perfecto. Gracias –dijo.

Alana encendió el horno y puso unas patatas a hervir. Se dio la vuelta y vio que Pascal estaba enredando en los CD.

Tuvo un momento de lucidez. ¿Qué estaba haciendo? ¡Se suponía que lo iba a echar de casa, no a prepararle la cena! Al fin y al cabo había surgido así. Él le había mandado todas esas flores increíbles. Además, si aquélla era la última noche que lo iba a ver, ¿qué más daba una cena?

Feliz tras haberse justificado ante sí misma, no quiso indagar en la explicación del cosquilleo que sentía en todo el cuerpo. En ese momento oyó los primeros acordes de su disco favorito de jazz y se asustó un poco.

–Espero que no te importe –dijo Pascal.

Ella lo miró fijamente, estaba inclinado sobre el equipo de música y la ropa le marcaba los músculos y el trasero. Alana negó con la cabeza. Tenía la boca seca.

–No... no –repuso, y tomó otro trago de vino. ¡Oh, Dios!

Alana retiró los platos de la mesa y se disculpó de nuevo por la sencillez de la comida. Mientras había estado preparando la cena habían iniciado una conversación intrascendente y después no habían dejado de charlar sobre cine, libros, la situación política francesa, el torneo de las Seis Naciones y el rugby. Alana se había puesto a hablar orgullosa sobre la carrera de su padre en la selección irlandesa. Y se había dado cuenta del brillo especial que había iluminado los ojos de Pascal. En la entrevista, él había declarado que nunca había querido ser jugador, ¿pero acaso no podía tener una ambición oculta?

Alana regresó a la mesa y se sentó. Estaba muy despierta y llena de energía. Se hubiera podido pasar toda la noche sin dormir.

Para su sorpresa Pascal consultó el reloj y apuró su copa de vino. Se puso de pie y Alana se sintió completamente desorientada. Se puso también de pie. Había una corriente eléctrica entre ellos.

–Me temo que me tengo que ir.

Alana se sintió decepcionada, tonta, vulnerable. Debería haber estado con una sonrisa de oreja a oreja, corriendo para entregarle su abrigo, diciéndole adiós para siempre. ¿Entonces por qué tenía un nudo en el estómago? El dolor por sus equivocaciones en el pasado la invadió como un espectro.

–Ah, claro. Supongo que debes de tener negocios aquí. ¿Tienes que ir a otro lado?

Él negó con la cabeza y se acercó. Alana no se echó atrás porque estaba la silla. El corazón le latía tan fuerte que parecía que se le iba a salir.

–Tengo reuniones importantes en París todo el fin de semana. Es una pena, pero tengo que volar esta noche porque es la única manera de llegar a la primera reunión de la mañana.

Alana se quedó boquiabierta.

–¿Vas a volver a París ahora?

Pascal asintió.

Ella estaba totalmente descolocada. Había ido hasta Dublín sólo para estar con ella unas horas. Era demasiado.

–Yo... yo...

Su sorpresa era evidente. Una media sonrisa muy sensual se dibujó en los labios de Pascal.

–Merecía la pena, Alana. Sólo verte ha merecido la pena. Llevo pensando en ti toda la semana. Parece que no puedo sacarte de mi cabeza.

–Yo... –se había quedado sin palabras. Y él se estaba acercando cada vez más.

Estaba tan cerca que Alana tuvo que alzar la cabeza para mirar aquellos ojos realmente oscuros. Sintió un cálido dedo sobre la barbilla, el pulgar acariciando su suave piel. Estaba paralizada.

El perfume de Pascal la estaba envolviendo en una

nube de deseo. Un deseo que no había sentido jamás. Se alegró al darse cuenta de que también se oían los latidos del corazón de Pascal.

–Me había dicho a mí mismo que no iba a hacer esto ahora. Pero... no puedo evitarlo. Me embriagas más que nadie que haya conocido. Y llevo toda la semana imaginando cómo sería –dijo en un tono bajo y aterciopelado.

Alana tragó saliva.

–¿Cómo sería el qué? –preguntó aunque conocía la respuesta. Y que el cielo la ayudara, pero ella también llevaba toda la semana imaginándoselo, aunque lo hubiera negado.

Pascal pronunció la palabra y Alana sintió un terrible alivio.

–Besarte.

Con el pulgar aún en la barbilla inclinó la cabeza. El pasado, el presente y el futuro desaparecieron en el momento en el que Alana cerró los ojos y sintió la caricia de los labios de Pascal. Fue un beso breve. Un contacto fugaz capaz de encender la llama del deseo de Alana.

Cuando Pascal se separó, la garganta de ella emitió un gemido indiscreto. Alana quería más besos. Y él la complació.

Los tímidos primeros besos se fueron transformando porque los dos se deseaban intensamente. Pascal deslizó los dedos desde la barbilla hasta la nuca. Una vez allí soltó el pelo de Alana, recogido en una coleta. Hundió la mano en aquel cabello sedoso. Llevó la otra mano hasta la cintura de ella para estrecharla contra sí. En respuesta, Alana lo abrazó con fuerza de los hombros para no desvanecerse.

Sentir la presión de cuerpo de Pascal contra el suyo la estaba volviendo loca. Era tan fuerte y tan firme. En aquel estrecho abrazo notaba los músculos perfectamente esculpidos del torso.

Pascal separó brevemente sus labios de los de Alana, quien observó sus ojos negros encendidos como dos ascuas. Eran el puro reflejo del fuego desatado en su interior y que le había provocado una erección. Al sentirla, Alana tuvo ganas de tenerlo dentro y no parar de moverse nunca. Estaba impresionada por la intensidad de las sensaciones, confusa, todo su cuerpo temblaba. Frunció levemente el ceño y entreabrió la boca.

Pascal llevó un dedo hasta aquellos labios. La suavidad y la calidez que desprendían le excitó aún más y estuvo a punto de soltar un gemido. Se moría de ganas de penetrarla en ese mismo momento, de sentir su calor. Sin embargo era muy consciente de que el cerebro de Alana se podía hacer con la situación en cualquier momento y entonces ella se separaría.

–No pienses. No hables. Sólo siente –le suplicó en un susurro.

En el momento en que sus labios se volvieron a encontrar la boca de Alana permaneció entreabierta. Las respiraciones se entremezclaron. Por un instante los dos contuvieron el aliento. Después Pascal deslizó la lengua entre los labios de ella, quien lo abrazó más fuerte. No era la primera vez que la besaban, por supuesto. Pero cuando Ryan la había besado había sido bruscamente, jamás con esa delicadeza.

Aquel beso era otra historia. La lengua de Pascal había iniciado un baile erótico con la suya, se acercaba y se alejaba para invitarla a jugar. Y Alana quería jugar. Introdujo la lengua en la boca de él, que la recibió con un gemido. Era un sentimiento realmente excitante y era ella quien estaba controlando el ritmo, los movimientos.

En ese momento notó la mano de Pascal por debajo del jersey. Una caricia suave y cálida en la cintura. Sus piernas temblaron. Los besos se detuvieron un instante. Parecía que Pascal estaba esperando una señal. Alana le mordió el labio inferior con suavidad y notó su sonrisa.

La mano de Pascal ascendió por la espalda y se detuvo al llegar al cierre del sujetador. Tenía una mano realmente grande. En un movimiento rápido y entrenado le desabrochó el sujetador. Alana notó que la presión del sujetador se aflojaba, pero estaba tan sumida en la intensidad de las sensaciones que lo único que deseó fue que Pascal tomara sus pechos entre las manos. Y justamente eso fue lo que hizo, llegó hasta uno de los senos y lo tomó. La sensación fue tan fuerte que Alana dejó de besarlo en un gemido. Se había quedado sin aire.

La otra mano de Pascal todavía le acariciaba el pelo. Sus cuerpos estaban pegados. Alana estaba de puntillas para no dejar de sentir la erección de Pascal entre los muslos, allí donde la excitación era más fuerte. Y no pudo hacer nada más que perderse en la mirada brillante de él, mientras notaba sus dedos sobre el pezón.

—Quiero tenerlo en mi boca hasta que te deshagas de placer en mis brazos... Hasta que estés tan húmeda que entrar en ti sea la cosa más fácil del mundo —le susurró Pascal al oído.

Un montón de pensamientos no dejaban de rondar la cabeza de Alana. Experiencias pasadas, advertencias, deseos... estaba confusa. ¿Qué le estaba pasando? Jamás hubiera pensado que iba a reaccionar de aquella manera. Estaba realmente excitada y eso que no había ido más lejos que en la adolescencia con los chicos en la discoteca. O incluso que en su matrimonio.

Pascal se dio cuenta de que los ojos verdes que tenía enfrente estaban empezando a perder el halo turbio del deseo. Tenía que parar, aunque le costara la vida. Suavemente le volvió a abrochar el sujetador y le bajó el jersey. Aquel cuerpo con sus curvas seductoras era más fascinante de lo que se había imaginado, los pechos más grandes. Era un crimen que se escondiera bajo aquellos trajes oscuros que parecían una armadura.

Dio un paso atrás y co...
bros de Alana. No miró ha... manos sobre los hom-
fierno que ardía entre sus pi... lo para no ver el in-

–Me tengo que ir. Ojal... no es así. Podrías venir con... bargo se dio cuenta de que Al... a quedar, pero sar–. No –respondió por ella–... girió, sin em-
–añadió. Era un autocastigo... vuelto a ten-
control. ...do pronto ...dido el

Se dirigió a la silla donde ha...
se lo puso. Observó las tarjetas ...
ñado a las flores cuidadosamente a...
sensación muy intensa. Nunca se h...o y
molestias con ninguna mujer. Ellas ...
dicho que sí, siempre había sido fácil...
los últimos tiempos los encuentros que ...
habían resultado insatisfactorios. Y en a...
simplemente besar a Alana, le había hec...
un adolescente salvaje de nuevo.

Alana agradeció la distancia a pesar de q...
día apartar la mirada de Pascal. Aquellos homb...
los que había tenido que aferrarse con fuerza para n...
desmayarse de placer. ¿Qué la había hecho? ¿Quién
demonios se creía para aparecer durante unas horas y
poner patas arriba su mundo cuidadosamente contro-
lado? Se cruzó de brazos y sintió sus senos aún excitados.

Pascal se dio la vuelta y vio la mirada en el rostro de
Alana.

–No me mires de esa manera.

Ella se quedó boquiabierta.

–No deseo esto. No te deseo en mi vida.

Pascal salvó la distancia que los separaba en dos
zancadas.

–Creo que te acabo de demostrar que me deseas. Y
yo también te deseo. Con locura.

En un movimiento sorprendente Pascal le agarró la

el lugar en el que pudo com-
mintiendo. Alana se puso roja.

mano y se la lle poderoso entre nosotros, Alana,
probar que n que me eches sólo porque tienes

–Hay mano de la evidente y firme excita-
y no porque no quería volver a perder la ca-
mie

miedo –mintió–. Simplemente esto no
eo. De verdad no lo deseo.

encia de Pascal era realmente imponente.
ión de su rostro implacable.

está sucediendo. No nos podemos echar atrás.
haber devuelto las flores o haberlas tirado a la
a. Sin embargo no lo has hecho. Podías haberte
ado a que entrara en tu casa esta noche, pero tam-
co lo has hecho.

Alana se sintió humillada. Pascal tenía razón. No
había opuesto ninguna resistencia. ¿Qué estaba haciendo? ¿Acaso no había aprendido nada?

–¿Vas a cubrir el partido del fin de semana que
viene en Italia, en el estadio Flaminio?

Aquel brusco cambio de tema la pilló por sorpresa.

–Sí, voy a ir.

–Tengo un apartamento en Roma. Ven el viernes
por la noche y quédate el fin de semana conmigo. Yo
también tengo que ir al partido y mi banco patrocina
un baile benéfico el sábado por la noche... podrías
acompañarme.

Alana automáticamente negó con la cabeza.

–Mi vuelo está reservado ya para el sábado por la
mañana. Viajo con mis compañeros. Vamos a regresar
el domingo por la mañana. Está todo organizado.

–¿Y siempre haces lo que se te dice? –preguntó suavemente, de tal manera que Alana se quedó desarmada
unos instantes.

Recordó que no siempre había sido tan dócil ni había seguido las normas. Había habido un momento en el que se había sentido un espíritu libre. Así había conocido a Ryan y se había enamorado apasionadamente de él porque también le había parecido un hombre libre. Sin embargo, se había equivocado completamente. La pasión de Ryan no había sido por ella, ni siquiera por la vida. Había sido por el dinero, la fama y los piropos. Y poco a poco había ido matando cada impulso de Alana y la había reducido a una sombra de lo que había sido.

Alana alzó la mirada. Se sintió atrapada entre dos mundos, entre dolorosos recuerdos. Algo en la mirada de Pascal instintivamente la atrapó.

—Pondré mi avión a tu disposición.

—Pero eso es una locura.

—A tu disposición. Estará en el aeropuerto de Dublín el viernes por la tarde para traerte a Roma y que te encuentres conmigo. Me gustaría que lo usaras, Alana. Me gustaría que te quedaras conmigo. No voy a forzarte a que hagas algo si no estás cómoda. O si no estás lista.

Alana estuvo a punto de echarse a reír, pero la intensidad de la mirada de Pascal lo evitó. Él le entregó una tarjeta y ella la tomó con precaución.

—Ahí están mis números de teléfono y los de mi secretaria. Si vas a venir el viernes, llámala y dale el número de tu pasaporte. Ella te indicará todos los detalles y organizará que te recojan para llevarte al avión.

«Para que me lleven a verte como si fuera una sorpresa envuelta en papel de regalo», pensó molesta. Alana no era ni tan fácil ni tan dócil. No obstante, una parte de sí misma estaba pensando en lo sencillo que sería dejarse llevar. ¿Realmente había planeado pasar el resto de su vida en celibato? Era consciente de que Pascal sólo estaba interesado en mujeres para historias pasajeras, quizás eso fuera todo lo que ella necesitaba. Una aventura sin compromiso. Por el momento Pascal ya había logrado borrar de la mente de Alana el doloroso pensamiento de que era frígida. Pero ¿se sentiría decepcionado cuando se diera cuenta de lo inexperta que era? Las dudas la volvieron a asaltar. ¿Estaba considerando la opción en serio?

En aquel momento Pascal realmente se estaba marchando. Abrió la puerta y se agachó ligeramente para cruzarla. Alana se obligó a acompañarlo, a pesar de lo paralizada que estaba.

Pascal se dio la vuelta y, antes de que ella reaccionara, la besó apasionadamente, deslizando la lengua entre sus labios. Alana pensó que se iba a derretir.

–¿Lo ves? –le preguntó Pascal al soltarla. Se dio la vuelta y cruzó la plazoleta. Como por arte de magia apareció un coche negro reluciente. Se metió en la parte trasera y desapareció.

Alana cerró los puños. Un remolino de emociones y hormonas estaba amenazando seriamente su equilibrio. Cada ladrillo del muro defensivo que había construido durante años estaba siendo destrozado. No estaba dispuesta a aceptar la oferta de Pascal. De ninguna manera.

Aquellas mismas palabras resonaron de forma irónica en la cabeza de Alana el viernes por la tarde mientras iba montada en un coche de lujo. Estaba atrapada en el atasco habitual de Dublín a media tarde, pero no iba a cambiar de opinión. Su equipaje ya estaba en el maletero. Tampoco se podía engañar a sí misma y decirse que había sido una decisión tomada en el último minuto. Había hecho la maleta la noche anterior, como si se hubiera convertido en una autómata.

Aquella mañana había ido a trabajar con la maleta y había informado escuetamente a su jefe de que iba a viajar por su cuenta. Después había llamado a la secretaria de Pascal y la había informado de que tomaría el avión aquella tarde. La secretaria había sido rápida y efectiva y la había llamado de nuevo, diez minutos después, ofreciéndole todos los detalles y sin darle tiempo para echarse atrás.

Así que allí estaba.

De camino a convertirse en la nueva amante de Pascal Lévêque.

Y lo único que sentía era una gran expectación. Finalmente había cedido. Había cambiado de opinión mil veces durante aquella semana tortuosa. Se había jurado que no iría para después quedarse mirando la pared durante horas recordando los besos y deseando a Pascal con una avidez sorprendente.

Él la había telefoneado todas las tardes para charlar, pero no había mencionado Roma. Se había limitado a preguntarle qué tal el día y le había comentado los suyos. Era un estratega nato, actuaba despacio, sin embargo iba aniquilando cada una de las barreras defensivas de Alana, quien se había visto cada tarde esperando sus llamadas. La última noche, después de un intenso sueño erótico, se había despertado húmeda, empapada en sudor y hecha un lío entre las sábanas. Había sido en ese momento cuando se había levantado y había preparado la maleta. Sólo después de haber terminado había logrado dormirse.

Otro cochazo negro con los cristales tintados la estaba esperando en la pista de aterrizaje en Roma. Lo vio por la ventanilla al aterrizar. Se puso en pie e inspiró profundamente. Se estiró la chaqueta corta que llevaba sobre la camisa. No se había cambiado de ropa tras salir de trabajar, era su armadura. Llevaba una falda negra sencilla, camisa blanca con corbata, medias, liguero y zapatos de tacón.

Sonrió nerviosa a la azafata y se preguntó a cuántas amantes de Pascal habría tenido que acompañar. De repente se sintió fatal y se quiso ir. Había cometido un tremendo error.

En ese momento la puerta del avión se abrió y no hubo más opción que salir.

Y allí estaba él. Demasiado tarde para echarse atrás.

Estaba oscureciendo y hacía un poco de frío. Alana bajó por la escalerilla hasta la pista donde Pascal la estaba esperando, vestido de forma informal en vaqueros. Parecía relajado, enérgico, guapo. No se movió para abrazarla ni se mostró triunfante, cosa que Alana agradeció porque, si lo hubiera hecho, ella se habría dado media vuelta y le habría pedido al piloto que la llevara de vuelta a casa.

–Déjame a mí –le dijo agarrando la maleta, y se la pasó al chófer, que la metió en el maletero. Pascal la invitó a montar en el coche. Cuando los dos estuvieron dentro, el coche arrancó.

En aquel espacio tan reducido e íntimo Alana sintió que estaba a punto de arder. Ni siquiera podía mirar a Pascal. Se hizo un silencio, pero no resultaba incómodo. A medida que se iban acercando a la ciudad Pascal le fue señalando los monumentos históricos con los que se encontraron a su paso. Simplemente su voz, aterciopelada y profunda, le puso a Alana la carne de gallina. Resultaba un tono tranquilizador, daba la sensación de que estaba intentando calmarla. Alana aún no se había atrevido a mirarlo y en ese momento sintió cómo la mano cálida y suave de Pascal se posaba en su barbilla y le giraba el rostro.

–Gracias –le dijo.

Alana tragó saliva y Pascal lo notó. No podía apartar la mano de su rostro. Quería acariciar la suave piel que recubría todo el cuerpo de Alana.

–Todavía... no estoy segura de estar haciendo lo correcto –contestó, y se quedó pensando, como si no se atreviera a preguntar algo–. ¿A cuántas mujeres has invitado en tu avión como a mí hoy?

Aquella sinceridad le dejó noqueado. Se dio cuenta de que era una pregunta importante. La respuesta podía ser determinante para el transcurso del fin de semana... para ellos. No debía mentir.

–A ninguna. He viajado en ese avión con mujeres, pero nunca antes lo había enviado especialmente para recoger a una. Alana, no estarías aquí si no supieras que estás haciendo lo correcto. ¿Acaso no confías en tu propio criterio?

Ella se puso en tensión y le apartó la mano.

–Ése es justo el problema –dijo en un tono estéril–. Mi historial en lo que se refiere a mi criterio con los hombres deja mucho que desear.

Su marido. Se tenía que estar refiriendo a su matrimonio. A Pascal le entraron ganas de hacerle mil preguntas para saber a qué se refería. Sin embargo nunca le habían interesado las experiencias pasadas de sus amantes y no quiso cambiar de costumbre.

–Alana, lo que hay entre tú y yo es demasiado importante como para que lo ignoremos. Al menos confía en eso –dijo tomándole la mano.

Una corriente eléctrica los unía. Pascal no estaba exagerando. Alana nunca se había imaginado que alguien la pudiera hacer sentir así. Tan sólo una vez, había sido tan estúpida y romántica como para pensar que con su marido lo lograría.

Pero no había sido así.

Y se culpaba a sí misma. Sin embargo, por primera vez en su vida vio con claridad que Ryan había sido tan culpable como ella.

Quizás aquélla fuera la oportunidad para empezar una nueva vida. Una oportunidad para dejar de cerrarse al mundo como penitencia. Su marido ya le había arrebatado bastante de su vida y de su alma. Había llegado el momento de recuperarse a sí misma.

–Hemos llegado –anunció Pascal.

Cuando el conductor había sacado la maleta de Alana, le abrió la puerta del coche. Pascal la soltó de la mano y ella salió. Unos escalones de piedra conducían hasta una casa cubierta de vegetación. La noche era fresca. Pascal agarró la maleta con una mano y con la otra tomó la de Alana. La guió a través del jardín y después la soltó para abrir la puerta. Al entrar, la casa estaba a oscuras hasta que él dio al interruptor. Alana soltó un sonido de asombro. Era impresionante.

Había una sala diáfana, enorme y de techos altos con ventanas enormes. En un lado estaba la cocina y en el otro el salón. La pintura blanca contrastaba con algunos grabados y con los colores vivos de unos cojines enormes situados sobre los sofás. De alguna manera aquel espacio conmovió a Alana. No estaba segura de qué era lo que se había estado esperando, pero estaba segura de que, si se hubiera tratado del típico piso de soltero, la desconfianza hubiera vuelto a aparecer con fuerza.

—Ven, te enseñaré la parte de arriba.

Alana lo siguió. Se había quedado sin palabras. También había grandes ventanales. Pascal le mostró un gran dormitorio. El suelo estaba cubierto por una alfombra mullida y lujosa. Alana instintivamente se agachó para quitarse los zapatos.

—Espero que no te importe. Los zapatos me están matando —comentó con los zapatos en la mano, ante la mirada de Pascal.

—En absoluto —contestó, y dejó la maleta al pie de la cama de matrimonio, cubierta por una colcha egipcia—. Éste es tu dormitorio, Alana.

Salieron. Tras un recibidor había otro dormitorio decorado en tonos más masculinos.

—Ése es mi dormitorio —añadió Pascal. Se metió las manos en los bolsillos—. Es evidente que yo prefiero que te quedes conmigo en mi habitación, pero ese movimiento lo tienes que hacer tú.

Alana se mordió el labio. Pascal no se podía ni hacer a la idea de lo importante que era que no la estuviera presionando.

—Gracias. Te lo agradezco.

—Puedes colocar tus cosas. Debes de tener hambre. Voy abajo a preparar algo de cena.

–¿Sabes cocinar?

–Me las apaño para cocer un poco de pasta y preparar una salsa de tomate –repuso con una sonrisa–. ¿Tienes hambre?

–Mucha –contestó al notar el rugido de sus tripas.

Con el estómago lleno y un intenso cosquilleo recorriendo todo su cuerpo, Alana pasó al salón. Llevaba una copa de vino en la mano y estaba observando los grabados y esculturas de Pascal. Se quedó absorta contemplando una fotografía, le resultaba muy familiar. Era el rostro de un hombre mayor en blanco y negro, con arrugas y muy moreno, con aspecto de pertenecer a un linaje exótico. Tenía una mirada realmente intensa que envolvió a Alana. Reflejaba muchos sentimientos a la vez: arrepentimiento, dolor, amor, pasión, decepción, esperanza.

–Es mi abuelo.

Alana se dio la vuelta. Pascal estaba un metro detrás de ella contemplando también el retrato. En ese momento se dio cuenta del parecido, excepto porque la mirada de Pascal resultaba indescifrable.

–¿Se la sacaste tú?

Pascal negó con la cabeza y en ese momento supo que Alana estaba viendo las mismas cosas que él veía cada vez que contemplaba la foto. Nunca nadie antes se había quedado absorto delante de ella. Sintió una punzada en el pecho. Evitó mirarla a los ojos.

–No. Yo sólo tengo talento para las cifras. La sacó un fotógrafo norteamericano que estaba viajando por el sur de Francia. Cuando murió mi abuelo, seguí la pista del fotógrafo y le pedí una copia.

–Debíais de estar muy unidos. Mencionaste que vivisteis juntos algún tiempo.

Pascal se limitó a asentir. Alana no insistió y siguió observando las piezas de arte entre sorbo y sorbo de vino. Se detuvo frente a un busto romano y lo acarició con sus largos dedos.

Pascal deseó ser el acariciado. No sabía si aquel aspecto vulnerable e inexperto se debía a una estrategia para engatusarlo. Alana se había dejado el pelo suelto y estaba levemente despeinada porque se había pasado la mano. Pascal quiso despeinarla aún más.

–Debes de estar cansada.

Alana forzó una sonrisa. No se sentía en absoluto cansada.

–Me he levantado temprano. ¿Te importa que me vaya a la cama? –preguntó. «Sola». La palabra quedó flotando, junto con el deseo, en el aire a pesar de no haber sido pronunciada. ¿Estaría haciendo lo correcto? Su cuerpo le dijo que no, su cabeza que sí.

Pascal negó con la cabeza. Tenía la mandíbula en tensión.

–Por supuesto que no. ¿A qué hora entras a trabajar mañana?

–Tengo que encontrarme con el equipo en el estado a medio día. El partido empieza a las tres.

Pascal asintió.

–Mi coche te llevará y luego volverá a recogerme.

–¿Estás seguro? Puedo pillar un taxi.

Él negó con la cabeza enérgicamente y Alana sintió la urgencia de desaparecer en aquel momento. Le daba la sensación de que a Pascal le estaba costando mantener el control.

Él tomó la copa de la mano de Alana.

–*Dors bien*, Alana.

Capítulo 4

ALANA subió a su habitación y se dio cuenta de que estaba respirando entrecortadamente. Entró en el cuarto de baño y se miró al espejo. Estaba ruborizada y sus ojos brillaban exageradamente. Tenía la sensibilidad a flor de piel y un fuego ardía en su vientre.

Ya de regreso a la habitación deshizo la maleta mientras se convencía a sí misma de que estaba haciendo lo que realmente quería. Un vestido de seda se le resbaló de las manos, lo recogió del suelo. Era uno de los pocos vestidos de la época de Ryan que había conservado y no se lo había puesto desde entonces. A Ryan no le había gustado nunca porque no había sido lo suficientemente atrevido para la prensa, a quien había buscado impresionar siempre. Pero lo cierto era que el vestido resultaba realmente atrevido para ella, por eso no se lo había vuelto a poner. Hasta aquel momento.

Colgó el vestido bruscamente porque no quería pensar el motivo que la había llevado a meterlo en la maleta.

Cuando estuvo a punto de desvestirse, Alana se detuvo y se sentó en el borde de la cama. Estaba temblando. La adrenalina le estaba recorriendo las venas. Su cuerpo ya sabía que iba a suceder algo inevitable. No podía negárselo más tiempo. Era como si su cuerpo fuera el polo de un imán y sólo pudiera tomar una dirección.

Caminó hasta la puerta y la abrió. Había luz en la planta baja. Se asomó a las escaleras. Pascal estaba aún en el salón, prácticamente tumbado y con la mirada perdida en la copa de vino que sostenía entre los dedos. El miedo volvió a asaltar a Alana y quiso huir, pero en ese momento él alzó la vista.

Pascal se incorporó y la miró como si la estuviera suplicando que no se fuera. Alana se dio cuenta de que no hubiera sido capaz de irse aunque hubiera recurrido a toda su fuerza de voluntad. Descendió las escaleras. Se estaba derritiendo a medida que se iba acercando a Pascal. Le apretaba hasta la ropa.

Llegó abajo. Sin dejar de mirarla, Pascal dejó la copa en una mesita y se puso de pie. Alana estaba atrapada por los ojos oscuros que la estaban atravesando.

–No puedo dormir –dijo.

–Si has subido sólo hace diez minutos –contestó él conteniendo una sonrisa.

–Sé que no voy a ser capaz de dormirme.

–¿Qué quieres, Alana?

–Quiero... quiero... –añadió ruborizada–. Ya sabes lo que quiero. No me hagas decirlo, por favor.

–Enséñame lo que quieres –repuso en un tono suave, aterciopelado, cargado de erotismo.

Pascal quería que fuera ella quien diera el primer paso. Que se sintiera segura de lo que estaba haciendo.

Alana caminó despacio hasta que llegó frente a él. A penas si podía respirar. Alzó las manos hasta los hombros de Pascal y dio un par de pasitos más. Él no estaba haciendo nada para ayudarla.

–¿Puedes...? –la mirada de Alana albergaba cierta desesperación.

–¿Quieres que dé el primer paso? ¿Que te quite la iniciativa para que no tengas que poner de manifiesto lo que deseas? –preguntó, y negó con la cabeza–. No, yo tengo que estar seguro de que quieres hacerlo. No quiero arrepentimientos ni recriminaciones mañana por la mañana.

Maldito fuera, ¿desde cuando era psicoanalista?

El deseo de Alana no podía esperar.

Se acercó aún más y lo abrazó por el cuello. Al estrecharlo sintió un escalofrío, sus pechos contra el torso de Pascal. Le acarició el pelo e hizo que inclinara el cuello. Ella alzó la cabeza para besarlo. Se sentía tan extraña.

–Lo siento... Hace tiempo que no hago esto. Creo que esperas de mí... más de lo que soy –reconoció humillada.

Se dio la vuelta para marcharse, pero Pascal la agarró por la cintura para evitarlo. Alana perdió el equilibrio ligeramente y cayó en los brazos de él. Fue un gesto rápido. Estaba claro que era un hombre experimentado, justo lo que Alana no era y envidiaba. La envolvió en un abrazo cálido.

–Estás equivocada. Sólo quiero estar seguro de que estás preparada para esto.

–Quizás al final resulta que no –contestó engatusada por aquellos ojos oscuros.

–Yo creo que sí –dijo Pascal, inclinó la cabeza y la besó. Alana entonces se dio cuenta de que llevaba echando de menos sus besos toda la semana.

Sin darse cuenta de cómo, Alana se encontró con la espalda pegada a la pared. Pascal alzó la cabeza. Tenía una mano apoyada en la pared y la otra sobre la cadera de ella, quien tuvo miedo de que le fallaran las piernas. Sus miradas se fundieron.

El dedo índice de Pascal se deslizó desde la barbilla de ella hasta llegar al botón de la camisa. El corazón de Alana dejó de latir un instante para volver a hacerlo con más fuerza.

–¿Tienes idea de el efecto que ha tenido esta corbata en mí desde que te he visto llegar? –le preguntó. Alana negó con la cabeza, sólo sabía que quería que se la quitara cuanto antes.

Pascal le deshizo el nudo de la corbata.

–A pesar de lo mucho que me excita, creo que la voy a tener que quemar –añadió visiblemente alterado.

–Tengo diez corbatas más como ésta en casa.

–Entonces haremos una hoguera –repuso él, y lanzó la corbata al suelo.

Prosiguió desabrochando la camisa, pero antes le besó detenidamente el cuello. Alana gimió levemente. Era todo de una sensualidad que nunca había imaginado que experimentaría. Había escuchado a otras mujeres hablar de atracción y de química y, en secreto, siempre había pensado que estaban exagerando, si no mintiendo. Sin embargo, en aquel momento... acababa de comprender.

Notó la creciente impaciencia de Pascal porque no podía seguir desabrochando botones. La falda era tipo pichi y se lo impedía.

–¿Cómo se quita esto? –preguntó con una nota de desesperación en la voz.

Alana se dio la vuelta y quedó frente a la pared.

–La cremallera, aquí atrás.

Oyó el sonido de la cremallera al bajar y después sintió cómo Pascal la agarraba por la cintura y la volvía a girar. Mientras la besaba hizo que los tirantes de la falda cayeran y la prenda se deslizó hasta las caderas. Fue Pascal quien se la bajó hasta que quedó sobre el suelo negro.

Alana desabrochó los botones del polo de Pascal, quien alzó los brazos y se lo terminó de quitar. Se quedó frente a ella, con el torso desnudo. Alana admiró aquellos pectorales musculosos cubiertos de un vello oscuro. El vello bajo el pecho perfilaba en una línea que descendía hasta perderse bajo los pantalones vaqueros.

Calor. Todo lo que Alana sentía era mucho calor.

Pascal la abrazó y ella saboreó la sensación de estar entre aquellos brazos. Le acarició la espalda, la piel cálida y tostada. Él la besó el cuello mientras deslizaba las manos hasta el trasero de Alana. Notó la piel desnuda de los muslos y soltó un gemido. La miró las piernas y le brillaron los ojos con lujuria.

–*Mon Dieu*.

–¿Qué? –preguntó intrigada y a la vez sintiéndose un poco expuesta.

–Medias de verdad. Con liguero –dijo con una sonrisa radiante. Lo que realmente le estaba excitando era la sospecha de que Alana se vestía así siempre, no se había puesto el liguero pensando en él. La miró fijamente–. Sabía que debajo de ese témpano de hielo había una mujer terrenal, sensual...

La volvió a besar y Alana percibió cómo le terminaba de desabrochar la camisa. La miró un instante antes de quitársela.

Aquella mirada cargada de deseo que Pascal le estaba dedicando provocó una respuesta inmediata en Alana. En ese momento estaba contenta de haber tenido siempre predilección por la lencería, a pesar de que en su matrimonio no hubiera podido disfrutarla. Ryan siempre se había reído de ella y le había dicho que había estado tratando de mostrarse sexy cuando no lo era.

Los pechos de Alana estaban a punto de estallar dentro de las copas del sujetador de satén. Pascal le bajó un tirante hasta que la copa también cayó y dejó a la vista un seno pálido.

–¿Te acuerdas de lo que te he dicho antes? –le susurró él al oído.

Alana asintió y notó un escalofrío al anticiparse a lo que la estaba esperando.

Pascal inclinó la cabeza, sopló suavemente alrededor del pezón antes de lamerlo. Cuando el pezón excitado estuvo dentro de la boca de Pascal, ella no pudo controlar un gemido y echó la cabeza hacia atrás. En aquel momento se preguntó quién era aquella mujer a la que no reconocía.

Las caricias húmedas de Pascal la arrastraron dentro de una espiral de intensas sensaciones que conectaba directamente con su entrepierna. Alana se sorprendió apretando la cabeza de él contra su pecho. Quería más y arqueó la espalda. Él le había dejado el otro seno también al descubierto, por lo tanto tenía los dos pechos desnudos sobre la tela de satén negro.

Pascal la estaba torturando con sus labios. Alana apenas si respiraba. Él le tomó una pierna y la puso sobre su muslo. Tenía la otra mano sobre la otra pierna de Alana, que era la que a duras penas estaba logrando que se mantuviera en pie. Los dedos de Pascal juguetearon con el liguero hasta que lograron desabrocharlo. Sus dedos acariciaron el trasero de Alana antes de deslizarse entre sus piernas.

A ella se le cortó la respiración. Pascal le quitó las medias y después introdujo los dedos dentro de ella, en una caricia tan íntima que Alana hubiera cerrado las piernas si hubiera podido. Sin darle tregua, Pascal siguió lamiéndole el pecho mientras su dedo la penetraba una y otra vez, hasta que finalmente, con el pulgar alcanzó su clítoris y, con apenas un roce, Alana tuvo un violento orgasmo. Se abrazó con fuerza a él al sentir aquella intensa sacudida.

La pierna que la sujetaba, le falló. Aún no se podía creer lo que le acababa de suceder. Tenía algo de reacción química. Había oído hablar de ello, había leído. Pero increíblemente...

–Alana, ¿ha sido tu primer orgasmo? –preguntó algo sorprendido. Ella se avergonzó de lo torpe que debía de parecer.

Pascal se enderezó para que ella descansara sobre él, sin dejar de acariciarla de una manera sobrecogedoramente tierna.

–No, no hagas eso –le dijo como si le hubiera leído el pensamiento. Le separó la cabeza para poder mirarla a los ojos–. Eres increíblemente receptiva, pero no te tienes que avergonzar, al revés, es un halago.

–Yo... –intentó explicarse con timidez.

–No lo digas –interrumpió negando con la cabeza. Tenía una expresión enigmática–. Has estado casada, ¿nunca...?

Alana negó con la cabeza, su cuerpo todavía estaba sobresaltado y se sentía en otro mundo. Se separó de Pascal.

–Mi marido nunca... me hizo sentir algo así. Dormimos en camas separadas los tres últimos años.

–¿Y estuvisteis casados...?

–Cinco años –repuso a pesar de que no le apetecía nada hablar de Ryan en aquel momento. Estaba empezando una nueva etapa y Ryan pertenecía al pasado.

–Alana...

Ella le tapó los labios con un dedo.

–Por favor, no quiero hablar del tema, ¿vale? –pidió. Pascal se quedó en silencio unos instantes y después asintió.

Alana suspiró aliviada, pero se sobresaltó cuando Pascal la tomó en brazos.

–Ha llegado el momento de ir a un sitio más cómodo. A pesar de que me encantaría hacerte mía ahora mismo de pie contra esta pared, resistiré a la tentación.

Alana enterró la cabeza en el hombro de Pascal y permitió que la subiera en brazos al dormitorio. Aunque lo que sintiera por él sólo fuera deseo, se sintió agradecida de que estuviera siendo tan considerado.

Al entrar en su dormitorio Pascal la miró un instante. Aún la deseaba.

–¿Te parece bien?

Alana asintió. Hacía mucho tiempo que no se sentía tan segura de algo.

–Sí.

Alana se despertó con la deliciosa sensación de una mano recorriendo suavemente su espalda. Pascal. Abrió los ojos y lo vio sonriéndole. Parecía muy despierto y lleno de vida. Olía tan bien que Alana volvió a sentir un cosquilleo en el vientre.

De repente las imágenes de la noche anterior invadieron su mente. La patética lucha interior antes de ceder al deseo, las múltiples veces que habían hecho el amor, las múltiples veces que había alcanzado el éxtasis gracias a él.

—Ni arrepentimientos ni recriminaciones, ¿recuerdas? —le susurró Pascal al oído. Alana escondió la cara en la almohada para que no la viera ruborizarse y asintió. Sintió un azote juguetón en el trasero y después se dio cuenta de que él se acababa de poner en pie.

—Vamos, el coche estará aquí en media hora y, si eres como las demás de tu especie, casi no te queda tiempo para arreglarte.

—¿Media hora? —preguntó Alana alzando la cabeza. Soltó una palabrota y se puso en pie de un brinco. En ese momento se dio cuenta de que estaba completamente desnuda porque su ropa prácticamente se había derretido la noche anterior gracias a la pasión. No se sintió preparada para que Pascal la viera así a plena luz del día, pero tenía que pasar a su lado si quería ir hasta su dormitorio a por la ropa.

Él la miró entretenido mientras se cubría con una sábana. Antes de que saliera por la puerta la abrazó y la besó.

—Ahora llévate la sábana, pero vas a estar caminando desnuda por aquí muy pronto.

—Nunca —replicó ella.

Pascal la volvió a besar y el deseo amenazó con volverlos a hacer perder el control. Alana era consciente de que, si no paraba en un abrir y cerrar de ojos, estaría diciendo que sí a cualquier proposición, incluso a ir desnuda a trabajar. Finalmente él se separó y le indicó la habitación.

Bajo la ducha Alana recordó los detalles de la noche. Pascal se había tumbado sobre ella, su sexo a las puertas de la cavidad húmeda de Alana. No la había penetrado hasta que ella no se lo había suplicado, arqueando el cuerpo para recibirlo. Finalmente le había hecho el amor despacio y profundamente.

Alana apagó el agua caliente y se quedó bajo el chorro de agua fría durante un minuto. Cualquier cosa con tal de aplacar a sus hormonas encendidas.

Pascal distinguió a Alana en el estadio hacia la mitad del partido. Se acercó y la agarró de la mano tirando de ella. La distrajo de lo que estaba haciendo, fijar una entrevista para después del partido con el entrenador inglés.

–Pascal, estoy trabajando, no puedes aparecer y llevarme contigo –dijo con una mezcla de reproche y de anticipación.

Él no le hizo ningún caso y se la llevó por los pasillos hasta llegar en una sala llena de equipación. Entraron y él cerró la puerta. La abrazó con fuerza y ella no pudo evitar responder. Qué rápido había sucumbido a sus encantos. Las alarmas volvieron a sonar en la cabeza de Alana, pero esa vez acompañadas de sirenas y de luces de colores.

Pascal rápidamente le deshizo la coleta y se guardó la goma.

–¡Eh!

La despeinó con las dos manos.

–Mucho mejor y ahora...

–¿Y ahora qué?

–Ahora esto –dijo antes de besarla ardientemente. Alana se encontró abrazándolo por la cintura y sacándole la camisa metida por dentro de los pantalones. Estaba buscando aquel tacto cálido y lo encontró. Estaba excitada de nuevo. Pascal le estaba desabrochando la camisa. Los pezones estaban ya excitados, rogando una caricia. Alana le besó el cuello.

Y de repente alguien tocó a la puerta y el encanto

se rompió. Pascal dijo algo en italiano y comenzó a abrochar la camisa de Alana, quien no sabía si iba a ser capaz de salir de allí y pronunciar dos palabras seguidas con sentido.

El resto del partido Alana tuvo la cabeza en otro parte, sin embargo, se las apañó para cubrir la conexión y realizar las entrevistas. Al terminar, Pascal la estaba esperando, justo donde la había estado esperando en el partido de Dublín. Sólo que en ese momento... Una oleada de calor recorrió el cuerpo de Alana... sólo que entonces era completamente diferente. Ella era diferente.

El equipo fingió no darse cuenta de que Pascal Lévêque la estuviera observando como si fuera un guardaespaldas. En el momento en el que ella terminó la última entrevista, se sintió libre para el resto del fin de semana.

Minutos después Pascal y Alana estaban ya en el coche, ella sobre las rodillas de él y besándose.

–¿Estás contenta de estar aquí y ahora? –le preguntó.

Alana lo miró a los ojos y sintió que le faltaba el suelo debajo de los pies. Un sentimiento sospechoso invadió su pecho y se vio forzada a asentir.

–Sí, estoy contenta –dijo antes de besarlo con total soltura. Si lo pensaba fríamente, habían logrado un grado de intimidad alarmante.

Se estaba embarcando en una aventura con un donjuán internacionalmente conocido y esa precisamente iba a ser su protección. No se iba a hacer ilusiones. No había sitio para el amor ni para el matrimonio en aquella relación. Terminaría cuando tuviera que terminar. Y en ese momento Alana se llevaría con ella todo lo que Pascal le había dado, como un secreto sucio y delicioso a la vez. Eso era todo lo que quería. Eso era todo lo que quería. Tuvo que repetírselo.

Aquella tarde Alana se miró por última vez en el espejo antes de salir de la habitación. En ese momento la puerta se abrió. Pascal se quedó paralizado contemplándola de arriba abajo.

—No me lo puedo creer —dijo.

Alana se sintió estúpida. Lo sabía, no se había tenido que poner aquel vestido. Era ridículo, demasiado ajustado, demasiado seductor.

—No pasa nada, me voy a cambiar. Ni siquiera estoy cómoda.

Pascal seguía sin moverse.

—¿Qué... qué pasa? ¿Estoy tan mal? —añadió.

—Lo siento —contestó conteniendo un carcajada—. Ha sido la impresión. No estoy acostumbrado a verte mostrando tanta piel...

Alana no supo si reír o si enfadarse. Agarró un cojín de la silla y se lo tiró, pero él lo cazó a tiempo y se acercó a ella. Llevaba un esmoquin y tenía el pelo aún húmedo de la ducha. Impecable una vez más.

—Me voy a cambiar ahora mismo. Sabía que este vestido era un error.

Cuando se estaba bajando la cremallera, Pascal se lo impidió.

—Ni te atrevas. Es un vestido precioso.

—No. Es demasiado... —intentó explicar. Se había puesto roja.

—¿Entonces por qué lo has traído?

Alana no tenía respuesta a esa pregunta. Pascal la llevó hasta el espejo de cuerpo entero y se quedó detrás de ella, con las manos en sus caderas. Pudo sentir su erección al apoyarse en él. Era tan seductor.

—Mírate —le pidió.

Alana cerró los ojos, tenía las mejillas al rojo vivo.

—Odio mirarme.

—Alana, mírate —insistió, y algo en su tono de voz hizo que ella abriera los ojos. Miró al reflejo de él en el espejo y lo oyó suspirar.

—A mí no, a ti.

A regañadientes finalmente accedió. Contempló el

vestido negro cortado al bies que caía bajo las rodillas en una línea asimétrica. Tenía un hombro al descubierto y dibujaba levemente la curva del pecho. En el único tirante una flor de seda roja brillaba radiante.

–Y ahora, ¿qué hay de malo? –le preguntó Pascal.

Alana soltó una queja, aquello era demasiado embarazoso. Estaba segura de que ninguna de las anteriores amantes de Pascal había necesitado que la animara a ponerse un vestido.

–Mira, no es nada. Lo siento. Vámonos, ¿vale? –dijo, e intentó girarse, pero él no la dejó. La abrazó intensamente y algo cambió en el ambiente.

–Eres preciosa, Alana. Y este vestido te queda perfectamente. Tampoco es excesivamente provocativo. No lo suficiente –añadió en un tono lascivo. Pascal giró a Alana y la tomó de la barbilla para que no pudiera eludir su mirada–. ¿Qué te hizo? Estoy seguro de que no has sido así siempre.

Alana contuvo las lágrimas, pero se le hizo un nudo en la garganta. Negó con la cabeza.

–No siempre he sido así. Él me hizo sentir... vulgar. Eso es todo –reconoció, y se soltó del abrazo. Consultó el reloj–. Creo que es hora de que nos vayamos.

Pascal se dio cuenta de lo conmovida que había sonado la voz de Alana y la observó salir de la habitación. Se quedó quieto un momento antes de seguirla. Era tan distinta a las mujeres que había conocido con anterioridad que aún no lograba racionalizar cómo le hacía sentir. Físicamente, ardía en deseos por ella. Aquella tarde, a mitad de partido había corrido a buscarla porque había necesitado verla. Y no estaba acostumbrado a necesitar ver a una mujer. Le excitaban, sí, pero nada que ver a lo que le sucedía con Alana. Aquello era completamente distinto.

Se estiró el pantalón antes de salir. Estaba un poco incómodo por aquel estado prácticamente constante de excitación. Alana era distinta simplemente porque no pertenecía a su círculo ni se tiraba a sus pies, eso era todo. No obstante, no dejaba de ser una aventura más y estaba seguro de que en un tiempo la miraría y no sabría qué había sido lo que lo había tenido en ascuas.

Después, en el exclusivo hotel en el que tenía lugar el baile benéfico del banco, Pascal tuvo mucho calor y se sintió molesto. Alana estaba atrayendo toda la atención con aquel vestido tan sexy. A pesar de llevar dos semanas intentando que se quitara el uniforme abotonado de trabajo, le entraron ganas de sacarla de allí para que se cambiara y se lo volviera a poner.

Se mantuvo toda la noche pegado a ella sin dejarla sola. Todos los conocidos se acercaron, en principio para saludar, pero ninguno le quitaba ojo a Alana, quien parecía no darse cuenta de nada. Pero Pascal estaba acostumbrado a las mujeres y conocía sus estrategias. Era perfectamente consciente de que la belleza natural de Alana era lo que estaba atrayendo a todos los hombres, que eran todos unos cínicos. Igual que él. ¿O acaso se sentía mejor que ellos? No, pero él la había visto primero. Una serie de pensamientos conflictivos e incómodos le vinieron a la mente. Quizás ella lo estuviera engañando gracias a una actuación brillante. ¿Cómo explicar si no que Alana fuera tan distinta?

Necesitaba un poco de espacio. Decidió ir solo a por unas bebidas.

Alana se quedó mirando a Pascal. Brillaba entre la multitud. No podía evitar percibir el interés que despertaba entre las mujeres del baile, no le quitaban ojo. Algunas se volvieron para mirarla a ella y se sintió muy expuesta. Salió al jardín para evitar las miradas que la hacían sentir incómoda. Era un jardín idílico, dentro de un hotel de lujo, uno de los más antiguos de Roma, con vistas a la Plaza de España.

No pudo evitar pensar en situaciones parecidas que había vivido al lado de Ryan, quien siempre la había dejado sola en las fiestas. La mayor parte de las veces había vuelto sola a casa y, cuando se había despertado por la mañana, él ni siquiera había regresado.

Se frotó los brazos y sintió unos pasos detrás de ella.

–*Bella*.

Alana pegó un bote y se dio la vuelta. Había un hombre a su lado comiéndosela con los ojos. Miró hacia la sala, nerviosa, pero no vio a Pascal. Forzó una sonrisa.

–Lo siento, no hablo italiano. Y la verdad es que estoy esperando a alguien.

–Entonces tienes suerte porque yo hablo inglés. Eres una mujer muy bonita.

–Muchas gracias –contestó ruborizada. Se trataba de un hombre atractivo, pero había algo amenazante en sus formas. Sutilmente le acababa de bloquear el paso a la sala y Alana no quería adentrarse en la oscuridad del jardín por si la seguía.

–Por favor –le tendió la mano–. ¿Cómo te llamas?

Alana suplicó que Pascal la encontrara. ¿Dónde demonios estaba?

–Alana Cusack. Encantada de conocerte. Y ahora, por favor, mi amigo debe de estar buscándome –dijo tras darle la mano un instante. Pero él le impidió pasar con el brazo.

–Pero si todavía no te he dicho mi nombre y, ese acento tan bonito, ¿de dónde eres?

Alana se empezó a inquietar. Ryan nunca la había llegado a pegar, pero la amenaza siempre había estado latente y aquel recuerdo le dio pánico.

–Mira, no quiero ser desagradable, pero no quiero saber tu nombre, ¿vale? Y ahora, ¿por favor, te apartas de mi camino? –le soltó.

Después de un momento tenso que se le hizo eterno, él dio un paso atrás y llevó las manos al cielo.

–Vete, si es lo que quieres. Tú te lo pierdes.

Alana aprovechó la oportunidad y entró apresuradamente en el salón. El corazón le latía a toda velocidad y tenía una sensación de ahogo en el pecho. Avanzó entre la multitud y entonces divisó a Pascal. Las luces la deslumbraron y el murmullo de la gente le resultó insoportable.

Pascal estaba en la barra hablando con una mujer. No parecía tener ninguna prisa ni estar echando de menos a Alana. La mujer era impresionantemente guapa: rubia, alta, delgada y vestida con un vestido de noche brillante con una raja infinita. Tenía la mano sobre la muñeca de Pascal y el cuerpo inclinado de forma seductora sobre él. Pascal acercó la cabeza como si ella le estuviera contando algo íntimo.

Alana se dio cuenta de todo en aquel momento y se sintió absurda con aquel vestido. Se había dejado engatusar de nuevo por un hombre a quien le gustaba vivir al límite, siempre atento al siguiente desafío. A la próxima mujer. Fue consciente de que ella había sido una novedad. La inocente irlandesa. Precisamente en aquel momento, como si ella estuviera presenciando un accidente de tráfico en cámara lenta, Pascal llevó su mano hasta la de la chica, estaba a punto de agarrársela para besarle el dorso. Alana estaba segura, pero antes de que pudiera girar la cabeza y largarse, la humillación fue completa. Pascal y la mujer se dieron la vuelta, como si hubieran sentido su ojos sobre ellos, y la miraron.

Los ojos azules y gélidos de la chica brillaron triunfantes. Pascal estaba... Alana ni lo quiso averiguar, se dio la vuelta y avanzó entre la multitud hasta que llegó al vestíbulo espacioso y vacío. Se dirigió hacia la puerta a pesar de que le temblaban las piernas y el portero le abrió el camino.

Capítulo 5

ALANA se quedó al pie de las escaleras. Estaba temblando.

–¿Quiere que le pida un taxi, señorita?

–Sí, por favor –contestó agradecida. No tenía ni idea de adónde iba a ir, pero había que salir de allí.

–No necesita un taxi, viene conmigo. ¿Puede pedir mi coche, por favor? –preguntó aquella voz conocida y profunda. Parecía enfadado, Alana se puso en tensión.

–He pedido ya el taxi. Gracias de todas maneras por el ofrecimiento –dijo a pesar de que el portero ya se había marchado.

–¿Qué demonios te ha pasado?

–¿Por qué lo dices? Lo único que ha pasado es que tú has encontrado una opción mejor y has ido a por ella. Y mientras me has dejado a mí expuesta a un cretino baboso.

–¿De qué estás hablando? ¿Te ha abordado alguien? ¿Te han hecho algo? –preguntó agarrándole el brazo.

–No –repuso furiosa intentando soltarse sin éxito–. En cualquier caso no te habrías dado cuenta. Pero gracias, al menos me has evitado el trago de entrar otra vez a buscarte. Te agradecería mucho que me dejaras las llaves de tu casa. Recogeré mis cosas y no estaré allí cuando vuelvas. No me cabe duda de que vas a necesitar la casa para ti solo esta noche, ¿no?

–¿Y por qué dices eso? –preguntó Pascal en un tono gélido. Alana sin embargo ardía en llamas.

–¿De verdad necesitas entrar en detalles, Pascal? Pensaba que eras más listo.

–Pues por lo que parece no soy tan listo como para entender por qué has salido huyendo de la sala cuando he ido a pedir una copa para ti.

Alana se detuvo un momento a pensar que quizás estuviera siendo injusta, pero recordó a la mujer rubia y se volvió a encender.

–Creo que tu acompañante debe de tener una impresión bien distinta. Parecía convencida de que estabas interesado en lo que te estaba ofreciendo.

Pascal recordó la conversación con la modelo británica Cecilia Hampton. Se le había estado echando encima y le había hablado como una gatita en un tono muy bajo, un truco muy viejo para hacer que un hombre se acercara. Sin embargo, Pascal se había sentido perdido desde que se había separado de Alana y se había dado la vuelta para buscarla, pensando en que todos los hombres de la fiesta estarían intentando conquistarla. Pero no la había visto.

En ese momento llegó el coche. Pascal soltó un suspiro de alivio y llevó a Alana dentro. La hizo entrar sin darle más opción. Cuando estuvieron sentados, Alana logró soltarse.

–¿Cómo te atreves? Quiero que me dejes salir ahora mismo. Quiero ir en taxi.

Alana se inclinó para hablar con el chófer, pero Pascal la sostuvo con una mano y con la otra apretó el botón para subir el cristal que separaba la parte trasera del coche de la delantera.

Alana estaba prácticamente sentada en el regazo de Pascal, sujeta por su abrazo. Pudo sentir lo excitado que estaba y se enfureció aún más. ¿Cómo podía su deseo cambiar de una mujer a otra con esa facilidad?

–¿No te parece que algo está fallando aquí? –le gritó intentando separarse.

–Sí. Llevas demasiada ropa para mi gusto y te deseo ya.

–No me deseas a mí, la deseas a ella –gritó.

En ese momento Pascal la tomó entre sus brazos y con una facilidad pasmosa la sentó sobre sus piernas frente a él. Alana sintió entre las rodillas aquellos muslos tensos y unas manos sobre las caderas. La tenía atrapada y lo peor de todo era que Alana lo deseaba. Intentó de nuevo removerse apoyando las manos sobre los hombros de Pascal y estiró los brazos con fuerza, pero no pudo.

Pascal la deslizó hacia abajo, hasta que Alana notó su erección. Una oleada de calor invadió su cuerpo y soltó un suspiro. Él colocó la mano bajo la flor de seda donde estaba el oculto el broche del vestido. Si lo desabrochaba, el vestido caería hasta la cintura.

–No te atrevas –dijo Alana agarrándole la mano, pero él se zafó y lo desabrochó. El vestido comenzó a caer, sin embargo Alana lo detuvo a tiempo.

Él soltó un suspiro y la miró con curiosidad.

–Alana, por favor, créeme. Si estuviera en la desafortunada situación de tener a Cecilia Hampton sentada en mis piernas ahora mismo, te aseguro que ella no estaría sintiendo lo que tú ahora mismo –le dijo mientras le acariciaba la nuca. Alana estaba intentando resistirse, pero era tan difícil ante aquel tono de voz bajo, razonable y tan sexy–. Has desaparecido cuando he ido a buscarte, así que he vuelto a la barra pensando que irías allí a buscarme. Cecilia me ha abordado y, si te hubieras quedado mirando unos segundos más, habrías visto cómo me escapaba de su desagradable abrazo.

Alana lo miró. Parecía sincero. ¿Se habría equivocado al interpretar la situación? Se dio cuenta de que se moría de ganas de creerse las palabras de Pascal y eso la asustó. Sin embargo, el deseo era más fuerte, la estaba consumiendo. Había una corriente entre los dos. No le quedó más opción que ceder. Ya pensaría en las consecuencias después.

Pascal le acarició la espalda y llegó hasta las manos de Alana, quien soltó el vestido para saciar su sed. El vestido cayó dejando su pecho desnudo. Colocó las manos en el asiento, detrás de los hombros de Pascal, que tomó su rostro entre las manos y lo besó con dulzura y respeto. Alana sintió que se derretía por dentro y comenzó a moverse sensualmente sobre las caderas de él. La pasión se había desatado y Pascal la besó con avidez. Deslizó los labios hasta llegar a uno de los pechos y entonces lamió el pezón excitado. La espalda de Alana se arqueó.

No podía dejar de besarlo, la cara, la boca, el cuello mientras le iba desabrochando los botones de la camisa. La pajarita desapareció sobre el asiento. Palpó el cinturón y lo desató impaciente.

–Eres como una adicción, Alana. No deseo a nadie más que a ti.

Aquellas palabras avivaron aún más el fuego que se había desatado entre las piernas de Alana, quien se inclinó para besar los labios de Pascal una vez más. Él la alzó ligeramente mientras era abrazado. Alana se mordió el labio al escuchar el sonido de la cremallera y notar cómo Pascal se bajaba los pantalones con urgencia. Cuando terminó Alana notó el miembro erecto justo en el clítoris y estuvo a punto de soltar un gemido.

Pascal le quitó el vestido y desgarró la tela de sus bragas.

–No lo siento y te compraré unas nuevas –dijo apartando el trozo de tela.

A Alana no le importó, sólo quería tenerlo dentro de ella, en aquel preciso instante. El deseo la estaba matando.

Como si hubiera adivinado su súplica, Pascal la elevó de nuevo y guió su sexo hasta la cavidad húmeda que lo estaba esperando. Fue sencillo entrar ya que Alana presionó hacia abajo. Estaba tan excitada y la sensación fue tan intensa, que alcanzó el clímax en ese mismo instante. Sus músculos internos se contrajeron en pequeños espasmos alrededor de Pascal.

Lenta e intensamente, Pascal se movió en su interior. La llevó hasta el abismo en repetidas ocasiones, pero deteniéndose en el momento preciso. El placer se dilató mientras sus cuerpos se fundían derretidos en sudor. Finalmente Pascal no se pudo controlar más tiempo y dio rienda suelta a sus movimientos. La agarró enérgicamente de las caderas. Alana se había quedado sin palabras. Un intenso orgasmo se abrió paso en su cuerpo justo antes de que él también lo alcanzara. La sensación fue tan fuerte, que no apartó la mirada de él para no desintegrarse en mil pedazos.

Pascal nunca antes había sentido algo igual. No habría adivinado que Alana había alcanzado el clímax de no haber sido por las contracciones de sus músculos. Lo había logrado con tal detenimiento e intensidad que había conseguido que él se derramara lentamente y con un placer exquisito. La única muestra externa del placer de Alana había sido que se había mordido el labio.

La abrazó contra su pecho y la acarició. Alana todavía lo sentía dentro de ella. Estaban tan unidos que no se imaginaba cómo iba a conseguir separarse de aquel hombre. Con su marido nunca se había sentido así, ni siquiera al principio del matrimonio cuando había albergado tantas esperanzas y sueños de un futuro feliz.

Le acababa de suceder algo extraordinario, aunque le costara admitirlo.

Llegaron al apartamento y Pascal la llevó directamente al cuarto de baño de su dormitorio. Una vez allí preparó un baño e hicieron el amor repetidas veces en la bañera. Después Alana se quedó allí tendida, completa y satisfecha.

Oyó un ruido y abrió los ojos. Pascal estaba fuera de la bañera con un albornoz abierto esperándola.

–Vamos o te vas a convertir en una pasa.

Alana se puso en pie. Cuando fue a agarrar el albornoz, Pascal se alejó un poco.

–Pascal, vamos –se quejó y se cubrió el pecho. Estaba completamente desnuda bajo la luz tenue e íntima del baño. Era absurdo sentirse vulnerable por estar desnuda. Después de todo acababan de hacer el amor, primero en el coche y después en el baño. Se ruborizó.

–Baja las manos, por favor. Te quiero ver, Alana. ¿Vas a dejar que te vea tal y cómo eres?

El miedo y la vergüenza dejaron paso a otro sentimiento. La mirada cargada de deseo de Pascal le infundió ánimo. Con cuidado salió de la bañera y se quedó de pie frente a él. Bajó las manos y permitió que él la recorriera con la mirada detenidamente.

Después de un minuto eterno, Pascal la volvió a mirar a los ojos. Dio un paso adelante y la tapó con el albornoz. Se lo puso, le ató el cinturón y la acarició para secarla. Deslizó los dedos hasta la mejilla de Alana.

–Podría hacerte el amor otra vez, aquí, en el suelo. Me han venido un montón de fantasías a la cabeza mientras te miraba. Pero ya habrá tiempo... –dijo con precaución. Estaba asustado ante la intensa atracción que sentía por Alana.

–Tiempo –repitió ella automáticamente, aunque en realidad lo que quería era volver a hacer el amor sobre el suelo. De repente tuvo ganas de arrodillarse y de tomar el sexo de Pascal en su boca. Aquel deseo la sorprendió. ¿De dónde había nacido? Nunca lo había hecho con Ryan. Ni siquiera había pensado que le apetecería hacerlo. Sin embargo, el pensamiento de llevar a Pascal al límite del placer la estremeció.

–Sí, tiempo. Vamos a comer algo y a tomar una copa de vino –propuso. Alana dejó sus fantasías a un lado y lo siguió escaleras abajo donde les esperaban una botella abierta y dos copas de vino.

Pascal fue a sacar la cena del horno y Alana se sentó

y probó el vino. Estaba aún en albornoz y él llevaba unos vaqueros desgastados y una camiseta blanca. Realmente tenía un cuerpo digno de un atleta.

–Mira –comenzó a decir nerviosa–. Siento... haber salido corriendo así. Normalmente no soy tan dramática –explicó. Pascal cerró la puerta del horno, la miró y tomó un sorbo de vino. Alana se ruborizó–. Todavía deberíamos estar allí. ¿No tenías que dar un discurso o algo así?

Pascal se encogió de hombros.

–Mi secretaria lo habrá hecho por mí. No es nada grave, de verdad. No hubiera venido a Roma al baile de no haber coincidido con el partido. Ha sido por publicidad y para matar dos pájaros de un tiro –comentó, y en sus labios se dibujó una sonrisa arrebatadora–. Prefiero mil veces estar aquí contigo.

–Bueno. Gracias. La próxima vez... –se calló inmediatamente. Acababa prácticamente de dar por supuesto que iba a haber una próxima vez–. No quiero decir que...

Pascal se acercó hasta ella y la abrazó.

–La próxima vez no te vas a escapar de mi campo de visión, así que no habrá lugar para ninguna confusión ni malentendido, ¿de acuerdo?

Alana tenía la boca muy seca, así que se limitó a asentir.

Pascal la soltó y volvió detrás de la barra a la cocina.

–¿Y por qué no me cuentas la historia de ese baboso? –añadió.

Alana se lo contó y ambos acabaron riéndose del tipo. Pascal reconoció la descripción que le hizo. Era un hombre conocido por abordar a mujeres con un aspecto frágil.

A Alana le resultaba muy sencillo estar con Pascal, disfrutar de la intimidad que surgía cuando estaban juntos porque de alguna manera tenía la sensación de que podía confiar en él. También tenía la sensación de estar siendo arrastrada por un remolino y le iba a resultar muy complicado salir de allí.

La tarde siguiente Alana vio encoger la ciudad italiana a medida que el avión ascendía. Se puso colorada al recordar la noche anterior. La fantasía sexual que había tenido en el baño se había convertido en realidad. Pascal le había permitido llevarlo a lo más alto. Sentada en el avión contuvo un gemido. Desde que lo había conocido estaba en un estado permanente de excitación.

Estaba sola, en el avión privado de Pascal de vuelta a Dublín. Él había regresado a París en un vuelo regular y no había aceptado las objeciones de Alana.

Aquel día se habían levantado muy tarde, casi a mediodía. Pascal había insistido en mostrarle algo de la ciudad. Habían paseado por los alrededores de la Fontana de Trevi y habían comido en un pequeño restaurante libre de las hordas de turistas. Después habían regresado al apartamento para preparar las maletas y habían tenido la primera discusión.

—Hay mucho que ver en esta ciudad, pero será en otra ocasión —le había comentado Pascal mientras había preparado café en casa.

—Oh, sí. Estoy segura de que yo volveré a Roma alguna otra vez —había contestado Alana visceralmente y poniendo un énfasis especial en el «yo».

—Me refiero a cuando vuelvas a Roma conmigo —había contestado Pascal tras un silencio.

—No tienes por qué decir eso —había añadido ella tratando de parecer informal, con la taza de café en las manos temblorosas.

—¿Qué quieres decir? —había preguntado él aún en la cocina americana. Alana había forzado una sonrisa.

—Me refiero a que no tienes por qué hablar del futuro. De verdad, no espero que me digas que quieres que vuelva sólo para hacerme sentir...

Pascal había caminado hasta acercarse a ella. Había estado realmente atractivo. Alana había dado un paso atrás sin querer.

–Créeme –había dicho en un tono grave–, lo único que quiero hacerte sentir ahora mismo tiene que ver con estar completamente desnudos sobre una superficie suave y lisa.

Alana había tragado saliva y había tomado un sorbo de café.

–Mira, lo que quiero decir es que sé lo que es esto y que me parece bien, de verdad.

–¿Y qué es esto?

Alana se había encogido de hombros.

–Una historia. Una aventura.

–¿Ah, sí? –le había preguntado Pascal arqueando las cejas. Alana se había cansando de aquel juego. Había dejado la taza sobre la mesita y se había plantado en el sitio con los brazos cruzados.

–Sí, eso es exactamente. Ambos lo sabemos y me gustaría que los dos fuéramos sinceros al respecto. Lo que te estoy diciendo es que no necesito que te andes con sutilezas. No me voy a pegar a ti como una lapa ni voy a pedirte más. Si ahora me dijeras que esto se ha acabado, que gracias y que adiós, no tendría ningún problema en marcharme.

Pascal se había quedado muy quieto y sus ojos habían brillado con fuerza. Seguro que había estado acostumbrado a aquel trato con sus amantes. Alana se había sentido un poco extraña pronunciando aquellas palabras, pero había dejado la sensación a un lado. La verdad había sido que jamás hubiera sido capaz de confiar completamente en un hombre como Pascal. Se había jurado a sí misma no volver a confiar en un hombre. Nunca iba a volver a ser tan ingenua y tonta.

Pascal había dejado la taza de café también sobre la mesa y se había acercado a Alana.

–Tengo que admitir que tu sinceridad me resulta

alentadora y seductora a la vez —había dicho él tras un silencio.

—¿Ah sí?

—Sí. Los dos sabemos que cuando llegue el momento nos separaremos sin mirar atrás, felices con lo que hemos compartido —había añadido.

—Exactamente. No he querido ser... grosera, pero he estado casada. He tenido esa experiencia y no quiero ni acercarme a algo similar. No quiero ni el más mínimo compromiso y también sé que no es lo que tú me estás ofreciendo —había explicado—. Lo que te estoy intentando decir es que no estoy buscando nada. Ya sé que eres un donjuán.

Los ojos de Pascal se habían iluminado de rabia.

—No espero nada más que lo que hay. No te voy a repetir que estoy cómoda así —había añadido.

—Una historia sin ataduras y sin consecuencias. Nos separaremos cuando nos aburramos —había completado Pascal. Alana había asentido. La mirada de él había sido inescrutable, pero se había acercado para abrazarla—. Bien, entonces, viendo que quizás no vuelvas a estar aquí conmigo, ahora que los granos de la arena del tiempo se nos escapa entre las manos, creo que deberíamos estar aprovechando al máximo el momento, *n'est-ce pas?*

—¿A qué te refieres?

—Me refiero, Alana, a que estamos desperdiciando un tiempo precioso mientras podríamos estar despidiéndonos de Roma y de este fin de semana de una forma más satisfactoria.

Pascal la había besado con pasión.

—Pero tu avión me espera... tenemos que salir —había dicho ella en un instante que se habían separado para tomar aire.

—Ésa es la ventaja de ser un donjuán. Mi tripulación está acostumbrada a los cambios de última hora —le había contestado con una mirada arrebatadora y peligrosa. Pascal la había desnudado y Alana no se había negado porque entonces le hubiera restado legitimidad a las palabras dichas en la conversación previa.

Ya en el avión, se esforzó por dejar a un lado los recuerdos para regresar al presente. Suspiró, cerró los ojos y apoyó la cabeza en el respaldo. Estaba jugando con fuego y lo sabía. Además, no había protección posible para evitar el dolor.

Mientras el avión privado llevaba a Alana cómodamente a Dublín, Pascal estaba viajando en un vuelo regular a París. Eso era todo un síntoma de lo lejos que estaba yendo con ella. No obstante, Pascal nunca había olvidado de dónde venía porque estaba grabado en su piel como un tatuaje. Sabía que había estado muy cerca de convertirse en un adolescente sin futuro de los suburbios. Pero su madre había muerto y antes se había encargado de que su hijo se trasladara a vivir con el abuelo. A pesar de que no había sido una buena madre, lo había compensado asegurándose de que su hijo tomaba otro rumbo, aunque Pascal hubiera representado todo lo que había fallado en su vida.

Atravesó el aeropuerto Charles de Gaulle y llegó hasta el coche que lo estaba esperando. ¿Por qué demonios estaba pensando en eso si llevaba años sin recordarlo?

Alana.

Aquella mujer le estaba haciendo recordar y eso nunca le había pasado con ninguna otra amante. Aunque tenía que reconocer que ninguna otra amante lo había llevado tan lejos. Ninguna le había provocado un deseo tan fuerte como para que el instinto superara a la razón. No había vivido algo así en mucho tiempo. Ella conectaba con una parte muy interna de Pascal, profunda, primitiva, visceral y que había permanecido oculta mucho tiempo. Estaba intentando encontrar una justificación racional a ese sentimiento, pero el cerebro no le ayudaba a explicar lo que le estaba sucediendo.

Cuando habían discutido y ella le había informado fríamente de que aquella historia era tan sólo una aventura y que no quería compromisos, Pascal debería haberse alegrado. ¿Acaso no era la fantasía de todos los hombres?

Le habían entregado su fantasía en bandeja. Además estaba seguro de la verdad de las palabras de Alana, no se trataba de ningún juego psicológico enrevesado. Y sin embargo, se había sentido de todo menos aliviado. ¿Por qué había querido desafiarla? ¿Por qué había sentido el instinto de no dejarla marchar? Pascal nunca había aspirado a las mieles del matrimonio, había aprendido muy pronto que buscar la felicidad en el amor sólo devolvía desilusión y dolor. Sus padres habían sido buen ejemplo de ello. Su padre había considerado a Pascal como una amenaza para su matrimonio y por eso lo había rechazado.

Y aun así, Alana estaba haciendo tambalear los pilares sobre los que había construido su vida hasta aquel momento. Debía de ser la atracción, una extraña forma de lujuria. Nunca antes había conocido a una mujer que se adueñara de su cuerpo y de su mente de esa manera, eso era todo. No había problema, no iba a ser algo permanente. Tan sólo no estaba acostumbrado a que lo hablaran tan claramente. Pascal se relajó. Estaba claro que la aventura no había terminado aún. Quedaba cuerda para rato.

—Ya sabes que sólo nos preocupamos por ti, cariño.

—Lo sé, mamá, lo sé —contestó Alana, y se sentó en el sofá. Todavía tenía el abrigo puesto.

—Parece un hombre muy agradable. Es muy importante, ¿no?

–Sí, es bastante importante. Pero, mamá, no te equivoques. No es nada especial –mintió, y su madre soltó una risita.

–Quizás no entienda las relaciones de hoy en día, cielo, pero sé que sufriste mucho cuando Ryan murió. Hay que seguir adelante. Ya ha pasado mucho tiempo. Nadie espera que estés de luto toda la vida.

Alana se sintió muy sola de repente. Sus padres nunca se habían llegado a hacer a la idea de que se había divorciado de Ryan. Había resultado demasiado duro para ellos que uno de sus hijos hubiera fracasado en su matrimonio. Con la muerte de Ryan antes del divorcio, los padres de Alana se habían permitido seguir creyendo en el mítico cuento de hadas de aquel matrimonio. Por eso nunca se había atrevido a confiarles la verdad.

Después de un breve intercambio de frases concluyeron la conversación. Decidió apagar el teléfono para eludir otra de las llamadas de Ailish, quien seguro que había visto la prensa rosa, como su madre. Pascal y ella habían salido en todas las revistas y se había encontrado con periodista al llegar al aeropuerto de Dublín. Había sido una ingenua al imaginar que quizá la gente ya hubiera perdido el interés en ella.

¿Por qué demonios se había tenido que encontrar a alguien que la hacía sentir viva de nuevo, alguien a quien no podía resistirse? Un hombre mucho más conocido que Ryan O'Connor. Era como si Alana estuviera cometiendo todos los errores que le estaban prohibidos. Sólo deseaba que pronto llegara el día en que viera a Pascal sin que un deseo abrasador la atravesara y sin sentir que no podía vivir sin él.

Capítulo 6

TRANSCURRIERON tres semanas cargadas de pasión y Alana y Pascal de nuevo se hallaron en el estadio Croke Park. Ella en la tribuna de prensa y él en la zona VIP. Se miraron un instante y Alana sintió que estaba teniendo un *déjà vu*. Se concentró en el partido de Irlanda contra Inglaterra y trato de ignorar tanto el cosquilleo que le provocaba aquel hombre, como la leve sensación de náusea. Aquella misma mañana se había comprado una prueba de embarazo en la farmacia, tras despedirse de Pascal en su cama.

No era el momento de pensar en el retraso de su periodo ni en la prueba de embarazo. No podía ser posible. O quizás sí... Mientras había estado casada con Ryan y habían dormido en la misma cama, no había tenido jamás un retraso a pesar de no haber usado ningún método anticonceptivo. De hecho aquélla había sido una de las fuentes de conflicto. Alana se había hecho una revisión y le habían dicho que no tenía problemas de fertilidad, sin embargo Ryan no había querido someterse a dichas pruebas seguramente porque no hubiera sido capaz de asumir que el problema era suyo.

Alana se distrajo un rato con el partido y al final Pascal la fue a buscar.

–He accedido a pasarme por el centro de prensa para participar en el análisis del partido y dar mi opinión sobre cómo está yendo el torneo –le comentó.

–Vale. Yo tengo varias entrevistas pendientes y después tengo que ir al estudio, así que nos vemos después.

Pascal asintió y se le acercó mucho.

–Me muero de ganas de besarte hasta dejarte sin aliento, pero no creo que me lo agradecieras mucho si lo hiciera delante de toda la tribuna de prensa, ¿no? –le murmuró.

Alana ya se había quedado sin aliento y luchó contra el impulso de tirarse a los brazos de Pascal, quien se marchó. Ella se quedó mitad decepcionada, mitad aliviada. Aquella figura alta y robusta salió de la tribuna y se llevó un pedacito de Alana. Estaba metida en un buen lío que además podía complicarse aún más. Complicaciones que Pascal Lévêque no iba a agradecer precisamente. Y sin embargo... Posó la mano sobre su vientre. En aquel momento pensó era algo que siempre había querido tener. Un bebé, un hijo.

Cuando el cámara la avisó de que estaba listo, Alana recogió sus cosas para bajar al terreno de juego. Entrevistó a distintas personas y cuando llegó el momento de la última entrevista, a un jugador irlandés, estaba ya exhausta. Alzó la vista y sintió un nudo en el estómago, se trataba de Eoin Donohoe, uno de los compañeros de juerga de Ryan. Era enorme, su sola presencia intimidaba. Estaba casado, pero nunca se había privado de nada. Alana sentía por él una profunda antipatía, pero aun así, preparó las preguntas. Él le sonrió forzadamente porque la antipatía era recíproca.

–Bueno, ya he visto que has seguido adelante con tu vida –le soltó Eoin cuando ya estaban terminando la entrevista en directo–. Pobre Ryan, si su cadáver aún no ha tenido tiempo de enfriarse.

Todo se paró alrededor de ambos.

–¿Perdona? –preguntó pasmada.

–Todos sabíamos que estabas muriéndote de ganas de deshacerte de él para seguir con tu vida, eso sí, tras chuparle toda la sangre. Y ahora ya tienes lo que querías, ¿no? Todo el dinero de Ryan y a uno de los hombres más ricos del mundo comiendo de tu mano...

–Perdona, Eoin –le detuvo–. Mi marido lleva muerto

un año y medio y lo que yo haga con mi vida personal nunca ha sido ni será asunto tuyo –contestó. La mirada de Eoin le asustó, sin embargo algo que llevaba años reprimiendo estaba abriéndose paso en su interior y no iba a ser capaz de frenarlo. La verdad.

–Excepto que su muerte fue culpa tuya. También es culpa tuya que el equipo irlandés nunca se haya recuperado de la muerte de Ryan. Si no lo hubieras abandonado cuando estaba tan vulnerable...

Alana no pudo contener una carcajada. Fue una carcajada sincera que nació muy dentro de ella. Se sintió tan bien que siguió riendo. La verdad había aflorado y no la iba a reprimir más tiempo. Ya estaba harta de ser el chivo expiatorio de Ryan O'Connor.

Dio un paso al frente y posó el dedo índice en el pecho de Eoin, quien se puso tenso con aquella reacción.

–Vamos a aclarar algunos puntos aquí y ahora, ¿de acuerdo? Mi marido fue un hombre mentiroso, tramposo, mujeriego y jugador. Y yo no soy la única que lo sabía. Mi único pecado ha sido ayudar a perpetuar el mito de San Ryan O'Connor. Él destrozó mi vida. Y tú le ayudaste. Lo sé todo de ti, Eoin Donohoe, y no creo que ni a la gente ni a tu mujer le guste saber de vuestras correrías borrachos y con prostitutas...

–Cállate, zorra.

Alana dio un paso atrás ante aquel tono y aquella mirada amenazadora. Alguien apareció en escena y retiró a Eoin, quien parecía realmente enfadado.

De repente Alana recuperó la perspectiva y se quedó paralizada. ¿Realmente había hablado? Miró al cámara, un chico nuevo que parecía aterrorizado. Si hubiera estado Dereck, habría dejado de grabar, sin embargo...

–Por favor, dime que no has grabado –le preguntó aterrada.

–Yo... –el chaval bajó la cámara.

–Oh, Dios –se tapó la cara con una mano, en la otra aún tenía el micrófono.

–Ya te vale, Cusack. Ya está hecho. Atente a las consecuencias –le dijo una voz fría por el auricular.

Vio cómo Eoin se marchaba. Él no la había pinchado en exceso. Alana había perdido el control de la situación. Tenía que haber cortado la entrevista en el primer comentario provocador. Después de todo siempre la habían acusado de lo mismo. Sin embargo, hasta aquella noche nunca había sentido la necesidad de defenderse.

En el estudio móvil donde tenía lugar el análisis posterior al partido se hizo un silencio ya que en un panel se acababa de ver la entrevista. Afortunadamente habían cortado para dar paso a la publicidad, pero el daño ya estaba hecho. Pascal se había quedado petrificado.

Aquella noche cuando Alana por fin llegó a casa sintió que su vida se había puesto patas abajo. Esa tarde, al volver al estudio, Rory la había llamado inmediatamente a su despacho. La había despedido sin preámbulo alguno. La entrevista ya había dado la vuelta al país. Por lo visto Pascal se había mordido la lengua en el plató, pero después había mostrado su preocupación por la imagen del torneo y la de su banco si el escándalo crecía. Eso es lo que Rory le había contado antes de prácticamente tirarle su contrato a la cara.

–¡Sabía que podías darme problemas si te contrataba! –había exclamado.

–Pero aun así te he demostrado que podías confiar en mí y la semana pasada me reconociste que era la reportera en la que más confiabas para las entrevistas más complicadas –había replicado en un intento desesperado de defenderse.

–Sí, Alana. Pero tu historia te acompaña, ¿no es así?

–Me temo que sí –había contestado, y había imaginado a su marido riéndose desde la tumba.

Alana se dejó caer en el sofá. A pesar de lo que había pasado, seguía teniendo sensación de náusea. Corrió al baño y llegó a tiempo de vomitar. Se lavó la cara, y con una sensación de fatalidad se acercó hasta su bolso y sacó la bolsa de la farmacia. Volvió al baño con la prueba de embarazo en la mano.

El día no podía ir a peor.

Y aun así, fue.

Intentó no prestar atención al timbre que no dejaba de sonar insistentemente ni a los golpes en la puerta. Finalmente, por miedo a que sus vecinos se alarmaran, salió del estado de shock en el que llevaba unos minutos y se levantó. Abrió la puerta y no esperó a ver quién era. Ya lo sabía.

Pascal entró y cerró.

—¿Qué demonios ha sido esa entrevista?

Alana se sentó en el sillón, tenía miedo de desvanecerse.

—He sido yo, por fin aireando mis trapos sucios delante de todo el país. Nada más y nada menos.

—Y delante de todo el público de las Seis Naciones —añadió él todavía de pie en el centro de la habitación. La estaba mirando fijamente—. Me temo que la noticia debe de estar extendiéndose por las ondas mientras hablamos. El hotel donde va a tener lugar la fiesta tras el partido ya está rodeado de policías para lidiar con las hordas de paparazis que han acampado fuera.

Alana pestañeó.

Pascal soltó una palabrota y se sentó en el sofá. Ella estaba demasiado desconcertada como para reaccionar.

—Bueno, ¿me vas a contar lo que ha pasado? —preguntó él. Alana se encogió de hombros y lo miró sin verlo.

—Fue demasiado lejos. Llevo meses oyendo los comentarios de la gente sobre lo cruel que fui con Ryan... Que por qué lo dejé... Y la verdad es exactamente lo que he contado hoy.

—Pero es una locura. Lo que has dicho... —Pascal se pasó la mano por el pelo.

—Es toda la verdad —replicó Alana, y sintió que estaba volviendo en sí. El hombre que tenía enfrente y su preocupación por las apariencias eran el motivo de que hubiera perdido su trabajo. Y tenía que hacerse a la idea de lo que eso significaba. Alana se puso de pie y se cruzó de brazos—. La verdad es que no estoy de humor para hablar de este tema. ¿Te importa marcharte? Creo que ya has hecho bastante por hoy.

Pascal también se puso en pie y se señaló a sí mismo.

—¿Yo? Yo no soy el que acaba de abrir fuego contra un país que está aún de entierro. Hiciera tu marido lo que hiciera, Alana, ¿no había un momento y un lugar más adecuados para contar la verdad?

Ella dio un paso al frente, temblando.

—¿De verdad piensas que he pensado con lógica un solo segundo antes de hablar, Pascal? —preguntó, y dio un paso atrás. Le costaba respirar—. Por supuesto que no lo pensé, las palabras han brotado solas por mi boca. Y si te soy sincera, probablemente no me podría contener si me volviera a suceder. Me ha provocado.

Pascal recordó las palabras de Eoin Donohoe y la necesidad que había sentido de sacar a Alana de aquella situación tan embarazosa. Había querido protegerla porque había estado realmente preocupado por ella. Ante aquel hombre enorme le había parecido muy pequeña y frágil. Ese instinto de protección le había pillado por sorpresa. Pero también había valorado el daño potencial de la situación al ver que las líneas telefónicas se habían colapsado en el estudio.

—Puede que te haya provocado, pero tú has desatado la tormenta —añadió Pascal sin poder evitar el reproche.

Vio que Alana palidecía completamente. Estaba todavía aturdido por la llamada del subdirector de su banco. Le había pedido información para entender por qué el torneo se había convertido en cuestión de minutos en una sombra al lado del cotilleo que se había desatado. El asunto ya estaba afectando a la reputación del banco en los mercados europeos.

—De todas maneras, la polémica morirá pronto. La gente no me va a ver más. Me han despedido.

—¿Despedido?

Ella asintió.

—Rory me ha despedido en cuanto he pisado el estudio. Y en parte ha sido por tu reacción, así que no te sorprendas tanto —replicó rabiosa. Había perdido su independencia, todo lo que tanto le había costado conseguir.

—No sabía que te había echado —añadió él con el rostro en tensión.

—Pues sí, lo ha hecho —repuso con los puños cerrados.

—Yo nunca estaría de acuerdo con que perdieras tu trabajo por esto. Es ridículo sugerir algo así.

Ella se sentó de nuevo al sentirse levemente mareada. Inmediatamente Pascal se arrodilló a su lado y posó la mano en su rodilla. Ella intentó quitarla, pero no hubo forma.

—¿Qué te pasa?

—Nada —y contuvo la necesidad de tocarse la tripa. De nuevo se sintió furiosa—. A menos que tengas en cuenta que me acabo de quedar sin trabajo y que estoy a punto de quedarme sin casa también.

—¿Qué estás diciendo, Alana? Has perdido el sentido común.

—¡Sentido común! Si hubiera tenido sentido común, no habría abierto la boca —dijo, y se arrepintió al instante.

—¿Por qué dices que te vas a quedar sin casa? —le

preguntó. Alana deseó que la dejara de acariciar de aquella manera. Era justo como la había acariciado la primera vez en el coche.

—Porque sin un trabajo no voy a poder mantener la casa. Tengo pagada la hipoteca de este mes y después... nada.

Pascal se puso en pie y ella lo miró. Estaba como ausente. Nunca lo había visto así.

—¿Cómo es posible? Debiste de heredar una fortuna.

Alana se puso en pie y se dirigió a la cocina americana buscando refugio. Era la primera vez en su vida que contemplaba la posibilidad de contar toda la verdad.

—Pues no. Todo un bulo. Ryan se jugaba cada penique que ganaba, con Eoin y compañía, en fines de semana absurdos y fastuosos en sitios como Las Vegas. Alquilaban aviones privados, se alojaban en los mejores hoteles... alcohol, drogas, chicas, juego. No se privaban de nada. Cuando Ryan murió, dejó deudas de millones que nadie salvo yo conoce. Siempre mantuvo su fachada. Si yo no hubiera vendido la casa de Dalkey, me habría tenido que declarar en bancarrota. Gracias a mis propios ahorros, que no eran muchos, pude comprar esta casa y llegar a un acuerdo con los acreedores de Ryan para irles devolviendo poco a poco las deudas. Sin trabajo, no voy a poder seguir pagándolos. Esta casa no es mi mayor preocupación, en el momento que deje de pagar las deudas, vendrán a por mí.

La mirada pasmada de Pascal no la reconfortó. Era consciente de que, de alguna manera, él la metía dentro del saco de las mujeres vacías y ansiosas de fama y dinero que iban detrás de muchos deportistas de élite. Algunas veces había sentido que estaba esperando a que reaccionara como si fuera una de ellas.

—Hablaré con Rory.

Alana negó con la cabeza enérgicamente.

—No, eso sólo empeoraría las cosas. Lo último que necesito es estar delante de las cámaras otra vez.

—Pero quizás te pueda mantener en el estudio un tiempo.

—No funcionaría —replicó al imaginarse los comentarios y las miradas.

—¿Y qué hay de tu familia? ¿Saben todo esto?

—No —reconoció con esfuerzo, sabía que no era fácil de entender—. No saben nada. Yo soy tan culpable como Ryan de haber mantenido las apariencias. Ellos... tampoco me podían ayudar. Tenían sus propios problemas y están frágiles y mayores. No tenían por qué preocuparse con mis problemas.

—Me temo que es un problema lo suficientemente grave como para ser compartido —dijo Pascal en un tono frío. Alana lo miró a la defensiva.

—Fue mi decisión, ¿vale? Mi familia no es rica, mis padres no son ricos. Viven cómodamente porque llevan toda la vida trabajando. No podía cargarles con un error que había cometido yo.

—¿Es así como valoras tu matrimonio?

Aquella manera tan suave de preguntar hizo que Alana se sintiera aún más vulnerable.

—Así lo he considerado durante mucho tiempo. Y por eso tengo la determinación de no cometer dos veces el mismo error —soltó. Pascal caminó hacia ella, pero Alana se alejó.

—¿Y eso es lo que ves aquí... un error?

Alana negó con la cabeza, confundida. ¿Se estaría refiriendo a ellos?

—Yo no... ¿A qué te refieres? Esto no tiene nada que ver —aquella historia era de otro planeta.

Pascal siguió avanzando por la cocina. La distancia que los separaba era cada vez menor. Alana se empezó a desesperar. Se sentía tan a flor de piel y vulnerable en aquel momento que si Pascal la tocaba...

La mano de Alana se estaba deslizando por la encimera cuando tocó algo y se detuvo en seco. Instintivamente lo tapó. En cuanto lo había rozado había sabido lo que era, lo había dejado ahí encima tras salir del baño presa del desconcierto. La mirada de Pascal se centró en el movimiento brusco de la mano que la acababa de delatar. Alana tragó saliva y se sintió culpable. Y sabía que se le estaba notando.

–¿Qué es eso, Alana?

–Nada.

–¿Entonces por qué me lo estás escondiendo?

–No lo estoy escondiendo.

–Pues enséñamelo.

–No es nada, sólo basura –contestó desesperada. Agarró el objeto para tirarlo al cubo, pero antes de que lo hiciera, Pascal se colocó detrás de ella y se lo quitó de las manos sin dificultad. Alana cerró los ojos. Respiró entrecortadamente mientras imaginaba la cara de Pascal.

No iba a tardar mucho en adivinar qué era.

De repente notó que Pascal la soltaba. Alana tembló ligeramente. Se dio la vuelta para mirarlo, pero él aún estaba mirando la prueba de embarazo. Después de un momento largo y tenso, Pascal la miró a los ojos y ella intentó no pestañear.

–No hace falta mucha explicación –comentó Alana. Él asintió.

–Claro como el agua –repuso. Se dio la vuelta y regresó al salón con la prueba en la mano. Alana lo siguió preocupada. De repente, él se giró y ella se quedó paralizada ante las líneas duras de su rostro–. ¿También estabas planeando guardarte este pequeño secreto para ti sola, lo consideras otra carga? ¿Otro error?

Alana sintió una punzada dolorosa.

–Me he hecho la prueba justo antes de que llegaras. La regla se me estaba retrasando... Y llevo unos días un poco mareada, así que me he comprado la prueba esta mañana antes de ir a trabajar. Por supuesto que te lo iba a decir –«en algún momento...», pensó para sus adentros.

–¿Ah, sí? –contestó en un tono amargo y frío–. Me cuesta creerlo cuando has estado a punto de tirar la prueba como si fuera basura. Quizás ya hayas decidido lo que quieres hacer con nuestro bebé.

Nuestro bebé.

Aquellas palabras, el reconocimiento y la aceptación de la situación por parte de Pascal, hicieron que Alana sintiera una sacudida. Instintivamente se llevó las manos al vientre.

–Por supuesto que no he decidido nada, y menos lo que estás sugiriendo. Te lo iba a decir. Es sólo que... todavía no he tenido tiempo ni de hacerme yo a la idea. Creo que estarás de acuerdo conmigo de que hoy han sucedido bastantes cosas.

Alana se sintió muy débil. Distintas ideas retumbaban en su cabeza: sin trabajo, sin casa, embarazada.

Aquella vez sí que se había metido en un buen lío.

Pascal soltó una palabrota, se acercó a ella y la invitó a sentarse en el sofá.

–¿Hace cuánto tiempo que no comes nada? –preguntó él. Alana se quedó pensativa y él soltó otra palabrota–. ¿No me digas que no has comido nada en todo el día?

Pascal soltó su abrigo y se metió en la cocina. Abrió la nevera y rebuscó en las estanterías. Estaba completamente desconcertado. Preparó un sándwich enorme de queso, tomate y mantequilla y se lo llevó a Alana. La observó hasta que se lo hubo comido entero.

Recogió el plato y después se puso a caminar inquieto. Se pasó una mano por el pelo alborotado. Todo él estaba alborotado. Tenía la camisa por fuera del pantalón, algunos botones desabrochados. De repente se dio la vuelta para mirar a Alana y la sorprendió mirándole el trasero. ¿Cómo podía estar pensando en eso en un momento como aquél?

Pero por lo visto no era la única. Pascal se dejó caer en el sofá junto a ella, se acercó y, antes de que Alana pudiera hacer nada, ya le estaba desabrochando los botones de la blusa.

—Así estás mejor. No me puedo concentrar cuando llevas la blusa abrochada hasta arriba —dijo. Alana se separó de él y Pascal arqueó las cejas—. Es un poco tarde para que te alejes, ¿no te parece?

Alana se estaba empezando a sentir superada por los acontecimientos. Se puso de pie.

—¿Cuándo crees que pasó? Pensaba que estábamos teniendo cuidado —añadió Pascal.

—Y lo hemos tenido —contestó ella, pero de repente se acordó de la noche en Roma, dentro del coche. Se ruborizó y miró a Pascal. La expresión de su rostro era indescifrable. Sin embargo tenía la sensación de que él le estaba leyendo el pensamiento.

—Sí, aquella vez. O en la bañera de después...

Pascal había sabido perfectamente que estaba siendo descuidado, no obstante, y por primera vez en su vida, la precaución había pasado a un segundo plano porque el deseo había estado en el primero. Los días posteriores ni siquiera había pensado en ello. Pero lo más impresionante de todo era que en aquel momento, al recibir la noticia, se sintió muy sereno. Tenía la convicción de que era lo correcto. Una convicción que su abuelo le había inculcado, pero de la que Pascal nunca había sido consciente: la necesidad de una familia.

Aquella serenidad vino acompañada de recuerdos de su infancia, cuando se había sentido rechazado por su padre. De repente surgió en su interior un sentimiento muy fuerte de reconocimiento y amor hacia aquel hijo, su hijo. Esa revelación le dejó paralizado.

Alana estaba caminando inquieta. Cualquier cosa con tal de no mirar a Pascal, de no desearlo. Tenía que aclarar su mente. No debía permitir que la distrajera.

—Mira. Esto ha sucedido. Hemos sido unos inconscientes y unos bobos, pero ambos sabemos cómo te posicionas tú ante este tipo de acontecimientos.

–¿Ah, sí? –preguntó Pascal poniéndose en pie como si tuviera un resorte.

–¡Sí! Me imagino que no te hace mucha gracia tener que asumir que has dejado embarazada a una...

–¿Una querida?

–Odio esa palabra. Yo no soy tu querida.

–¿Entonces qué eres? Vamos, Alana, dímelo.

Incluso en un momento como aquél, Pascal la estaba poniendo a prueba. Ella lo miró y se cruzó de brazos.

–Soy tu última amante. La que está entre la anterior y la siguiente.

–Sí, pero ahora eres mi amante embarazada y eso cambia las cosas –dijo con la expresión endurecida.

–¿Estás intentando decirme que de verdad estás feliz con la noticia?

–Feliz no es la palabra exacta –replicó a la defensiva–. ¿Pero cómo sabes tú si yo no he deseado siempre tener un hijo?

–¿Es así?

La miró e intentó no prestar atención al mechón de pelo que se escapaba de su coleta. En aquel momento la seguía deseando, más que nunca.

–Sí... Por supuesto. De alguna manera –«en algún momento», pensó. Miró fijamente a Alana–. ¿Y tú?

Observó que la mano de ella se posaba una vez más en su vientre. Había repetido varias veces ese gesto y Pascal se sintió conmovido muy dentro.

Alana retiró la mirada un instante. La estaba observando de manera demasiado intensa y profunda.

–Sí. Yo siempre he querido tener un hijo. Nosotros... yo y Ryan... lo intentamos, pero no pasó nada. Yo siempre me he alegrado de que fuera así. Ningún niño hubiera merecido nacer de un matrimonio fracasado como el nuestro.

–¿Y lo nuestro qué va a ser, Alana?

Ella lo miró a los ojos. Tenía pánico. Estaba ante un hombre tan poderoso... mucho más poderoso que Ryan. Podía ser muy distante y lejano. Tenía el presentimiento de nuevo de que, si en algún momento llegaban a enfrentarse, ella no tendría opciones de ganar nunca.

–Seremos nosotros teniendo un hijo. No me voy a casar contigo, Pascal –dijo negando con la cabeza. Él se acercó.

–No soy consciente de haberte pedido matrimonio –contestó con suavidad. Alana se puso roja.

–Bueno... ¿no es así como funciona la gente?

–¿Qué crees que soy? ¿Masoquista? ¿Por qué iba a querer casarme con una mujer que no quiere casarse conmigo?

«Y con quien yo no quiero casarme», pensó Pascal que debía haber añadido, pero no lo hizo.

–Para tener el control sobre nuestro bebé. Nuestro hijo.

Pascal estaba muy cerca de ella.

–Voy a tener el control, Alana, tanto como tú. No tenemos que estar casados para que sea así. Mi nombre estará en el certificado de nacimiento y espero implicarme en todo momento.

–Pero... –Alana tenía la boca muy seca–. ¿Cómo va a funcionar?

–Es sencillo... de momento vendrás a vivir conmigo a París. Desde allí podremos ir solucionando las cosas.

Capítulo 7

TRES días después Alana tuvo que reconocer que no había tenido otra opción. La decisión no había hecho que se sintiera mejor, pero ¿qué otra solución había? Su familia aún estaba tambaleándose por la verdad que había salido a la luz. El país estaba muy agitado. Los periodistas habían acampado junto a la casa de sus padres y Pascal había optado por contratar un servicio de seguridad privado para protegerlos. No cabía duda de que Alana había montado un lío de mil demonios. Nunca había confiado sus secretos a sus hermanos ni hermanas y el hecho de que se hubieran enterado de todo a través del circo mediático seguramente les hubiera parecido imperdonable. Lo mejor que había podido hacer había sido desaparecer del mapa. Desafortunadamente eso sólo había sido posible en la compañía de la única persona a la que de verdad no había querido enfrentarse: Pascal. Aceptar ir a París, tácticamente, iba a suponer quedarse allí un tiempo, al menos hasta que las cosas se calmaran en casa o encontrara otro trabajo. En cualquier caso, no tenía muchas posibilidades.

Su pequeña casa había estado sitiada por los periodistas y la prensa estaba tratando el tema de forma espantosa. El día anterior Pascal había logrado abrirse paso entre los reporteros para entrar en casa de Alana. Había llegado tenso, pero la había abrazado.

—Esto es ridículo. Si no sales de aquí y vienes conmigo ahora mismo, hoy, vas a convertir esto en una bola de nieve imparable. Saben dónde vives, dónde vive tu familia. En algún momento tendrás que salir de casa. ¿O estás pensando en sobrevivir a base de aire y agua? –le había preguntado irritado.

Alana nunca antes en su vida se había sentido tan perdida, tan amenazada. Incluso cuando Ryan se había portado peor, ella siempre había disfrutado de un mínimo de espacio y de libertad. Él no había llegado hasta aquel rincón recóndito e íntimo que Pascal había allanado.

–Por favor, no me obligues. No puedo salir. Me las apañaré –había contestado negando con la cabeza enérgicamente.

–¿Cómo? El mes que viene tendrás que enfrentarte a las deudas. No estás en condiciones de salir y buscar trabajo en el radio de doscientos kilómetros en este país. Yo me he quedado aquí para ocuparme de ti y de tu familia, pero tengo que volver a Francia –había añadido, y había señalado a la ventana, cubierta por las cortinas, de donde provenía el barullo–. ¿Estás preparada para lidiar con ellos tú sola?

Alana lo había mirado y había permitido que aflorase la rabia. No le culpaba a él más que a sí misma, pero lo eligió de diana.

–Es todo culpa tuya. Si no me hubieras buscado, si no me hubieras deseado...

Se había quedado callada en el momento en el que Pascal se había acercado a ella y la había agarrado de los brazos. De repente se había sentido excitada. Nunca lo había visto tan enfadado.

–Yo te deseé, es verdad, pero tú accediste, Alana. Yo no soy el motivo por el que tu matrimonio fracasó, no soy el motivo por el que no has contado la verdad hasta ahora y desde luego no soy el motivo por el cual el otro día lo soltaste todo.

Alana había tragado saliva. Había sabido que Pascal sí que había sido el verdadero motivo, pero no había podido culparlo. Él la había cambiado, desde la primera mirada, algo en su interior había empezado a derretirse y Alana había vuelto a respirar y a sentirse viva.

–Lo siento –había respondido–. Tienes razón. No es tu culpa.

–Por supuesto que no es mi culpa. Si hubiera que buscar algún culpable, ésa serías tú porque tú me haces sentir así, no puedo separarme de tu lado. Es todo culpa tuya –le había dicho, y la había estrechado con fuerza contra su pecho para después besarla.

Los dos cuerpos se habían entrelazado. Pascal no la había rozado desde que todo había salido a la luz. Y ambos habían necesitado tocarse. Se besaron apasionadamente hasta que se separaron para recuperar el aliento.

–¿También te has olvidado de que llevas dentro un hijo mío? Sólo por esa razón, si es que no hay más, tendrás mi protección te guste o no. Ya no se trata sólo de nosotros dos, Alana.

En aquel momento Alana estaba asomada a la ventana del apartamento de Pascal en los Campos Elíseos de París. La vista sobre los tejados parisinos era impresionante y se veía el Arco del Triunfo a lo lejos. El apartamento de Roma le había resultado acogedor, sin embargo aquél era demasiado lujoso. Soltó un suspiro y se dio la vuelta para mirar de nuevo la sala. A pesar de los muebles de anticuario parecía desnuda.

Habían llegado la tarde anterior. Antes, en Dublín, Pascal la había acompañado mientras había hecho la maleta y la había escoltado en el recorrido de la casa al coche. Una vez allí, Alana había llamado a su familia para informarlos de que se marchaba hasta que las cosas se hubieran tranquilizado. Lógicamente habían mostrado preocupación y, para sorpresa de Alana, Pascal le había quitado el teléfono de las manos y le había asegurado a su padre que iba a estar perfectamente. Le había dado sus números de teléfono y también le había insistido en que la seguridad privada no se retiraría hasta que volviera la normalidad.

Una vez en la casa, Pascal le había mostrado cuál sería su dormitorio porque obviamente no albergaba esperanzas de que quisiera dormir con él. Alana se había preguntado cuál sería su papel. Había estado tan confundida que no sabía ni qué quería. Desde entonces, apenas si lo había vuelto a ver por lo que se sentía cada vez más desorientada. Por la tarde Pascal se había metido a trabajar en el estudio y aquella mañana se había marchado a trabajar.

Cuando Alana se había levantado tras dormir profundamente se había encontrado una nota de él. La letra era particular y tenía carácter:

Si necesitas cualquier cosa, llámame. Te he abierto una cuenta en mi banco por si necesitas cualquier cosa. Mi secretaria se acercará enseguida para entregarte las tarjetas. Por favor, siéntete como en tu casa. Yo volveré tarde, así que no me esperes despierta. Voy a comer fuera.
Pascal

Y ésa era la situación de Alana: embarazada, de un hijo de Pascal Lévêque, en el centro de una tormenta en su país y convenientemente al margen para... ¿para qué?

—He fijado una cita con una ginecóloga cerca de aquí para mañana por la mañana. Tienes que empezar a pensar en ti y en el bebé.

Alana suspiró. Llevaba una semana paseando sola por París sin dejar de pensar. Apenas si había visto a Pascal y encima llegaba dando órdenes.

—Preferiría ser yo quien escoja mi ginecólogo, gracias, y hay un montón de ginecólogos en Dublín.

La mandíbula de Pascal se puso en tensión. No la había vuelto a tocar desde el último beso en Dublín. ¿Habría dado la aventura por acabada? ¿El embarazo habría matado su deseo?

—Es la mejor en París. ¿Y quién ha hablado de tener al bebé en Dublín? Ahora estás aquí, Alana.

—Creo, Pascal, que no hemos hablado sobre este tema. Mi intención es tener a mi hijo en mi casa. Por lo que a mí respecta, pienso quedarme aquí sólo hasta que las cosas se tranquilicen.

—Querrás decir *nuestro* hijo.

—Quiero decir *mi* hijo. Esto no es una relación tradicional. No tengo ningún problema en que te involucres, pero soy yo quien va a tomar las decisiones sobre mi cuerpo y cómo quiero que la situación se desarrolle.

—El sistema médico francés es uno de los mejores —contestó con arrogancia, aunque fuera cierto.

—Puede que sí. Pero cuando nazca el bebé quiero tener el apoyo de mi familia. Aquí estoy sola.

Pascal la observó con detenimiento. Podía distinguir la forma del sujetador blanco bajo la camiseta. Sintió un fuego en su interior que sólo la mujer que tenía enfrente era capaz de saciar, y de forma momentánea, porque con ella siempre quería más. La deseaba con tanta fuerza que tenía miedo de hacerle daño si la tocaba.

Por eso estaba en una nueva situación. Estaba conteniendo su deseo. Alana ya no era su amante, era la madre de su futuro hijo. Aquello la elevaba a una posición que no sabía cómo manejar. Pascal no tenía ni idea sobre mujeres embarazadas. Había hecho lo que había considerado mejor, darle espacio. Y también darse espacio a sí mismo. La cercanía de la paternidad le había traído muchos recuerdos y sensaciones, así como un deseo de alimentar y de proteger. Se había encerrado en el trabajo y había evitado ver a Alana.

–¿Me estás diciendo que necesitas el apoyo de tu familia cuando hasta ahora lo has rehuido? Ni siquiera se lo has dicho todavía a tus padres.

–No se lo voy a contar hasta que se cumplan tres meses y ya sea seguro. Hasta entonces puede pasar cualquier cosa. Es tan pronto que todavía... quizás...

Pascal negó con la cabeza mientras Alana se arrepentía de haberle hablado sobre su familia.

–No digas eso. Vas a estar bien. El bebé va a estar bien –dijo en un tono protector–. Mira, al menos necesitas una revisión inicial, ¿te parece?

Alana inspiró profundamente. Se sentía superada por los acontecimientos, echaba de menos su casa y su familia, se sentía extremadamente vulnerable. Contuvo las lágrimas y notó un nudo en la garganta. La mirada de Pascal estaba clavada en ella y tuvo miedo de romperse en mil pedazos allí mismo.

–¿Qué te pasa, Alana? ¿Cuál es el problema? Estás... a flor de piel.

Ella estuvo a punto de soltar una carcajada. A flor de piel. Llevaba caminando por el filo desde que había conocido a aquel hombre. Estaba de pie junto a ella, lo estaba oliendo. Negó con la cabeza y trató de controlar sus emociones. Cuanto más se acercaba Pascal, mejor se sentía, menos aislada, menos sola. Pero también más confusa.

–Alana, estoy viendo algo en tus ojos, son muy expresivos.

–¿Qué puede ir mal, Pascal? En sólo una semana he perdido mi trabajo, he averiguado que estoy embarazada, me he cambiado de casa y... llevo una semana completamente sola y es...

En ese momento no pudo contenerse más. Las lágrimas brotaron de sus ojos y sintió cómo Pascal la abrazaba. Las tiernas caricias en la espalda la hicieron llorar aún más. Los sollozos se sucedieron y Alana se dio cuenta de que llevaba años sin llorar. Ni durante su matrimonio, ni en el funeral de Ryan. Había encerrado el dolor bajo llave, pero el candado se acababa de abrir. El dolor se estaba mezclando con la incertidumbre sobre su futuro y el de su bebé. El bebé de ella y de Pascal.

Él la llevó hasta el sofá y la acurrucó contra su pecho. Cuando Alana se calmó un poco se separó levemente. La camisa de Pascal estaba empapada.

–Lo siento –le dijo sin atreverse a mirarlo. Pascal sacó un pañuelo y se lo dio.

Alana jamás había llorado así, ni siquiera delante de su madre.

Él se levantó un instante y volvió con una copa con un licor oscuro. Parecía brandy. Se lo dio a Alana.

–No creo que deba...

–Estoy seguro de que un sorbo no te va a hacer ningún daño.

Alana bebió y agradeció el calor reconfortante del licor. Dejó la copa sobre la mesa.

–Lo siento. No sé de dónde han salido tantas lágrimas.

–No, soy yo quien te tiene que pedir perdón. No te tenía que haber dejado sola toda la semana.

–No seas tonto, has estado muy ocupado. Lo entiendo –repuso ella. No quería que pensara que lo había estado echando de menos como si estuviera enamorada de él.

–Me he volcado en exceso en mi trabajo porque no quería estar a solas contigo –reconoció él agarrándole las manos.

Alana sintió una punzada de dolor. Intentó soltarse, pero no pudo.

–Pascal...

–Deja que te explique. Creo que no sabes lo que quiero decir.

–No, de verdad, te entiendo, está bien –interrumpió. No quería que la humillara más.

–¡Alana, *tais-toi*! –exclamó exasperado. Ella se calló–. He estado evitando verte más de dos segundos seguidos porque cada vez que estás cerca quiero llevarte a la cama con una urgencia que no creo que sea buena para una persona en tu estado.

Los latidos del corazón de Alana se aceleraron. ¡Todavía la deseaba! Al verlo tan serio sospechó. ¿Tendría miedo de hacerle daño?

–Oh –dijo emocionada.

–Sí, oh.

–Bueno... no creo que... Por lo que yo sé no hay problema. Quiero decir, la mayoría de las mujeres ni saben que están embarazadas tan pronto –comentó tratando de disimular las ganas tremendas que tenía de hacer el amor.

–¿Cómo te sientes ahora?

«Quiero que me arranques la ropa y que me hagas tuya aquí y ahora», pensó para sus adentros.

–Bien. Perfectamente. Esta semana no he tenido náuseas. Así que, a no ser que vuelvan...

Pascal paseó inquieto.

–¿Ves? A esto es a lo que me refería. Tienes que ir y hablar con la doctora para que sepamos a qué atenernos –añadió mientras la atravesaba con una mirada cargada de deseo. Ella hizo un esfuerzo para mantener su libido a raya–. ¿Estamos de acuerdo en ir mañana al médico?

Alana asintió, casi ni se había enterado de lo que le acababa de decir. Estaba embelesada. Pascal la había estado deseando y se había contenido.

–Mira, Alana, ahora me necesitas –añadió él, y se sentó a su lado–. Deja que cuide de ti... y del bebé. Vamos a dejar que las cosas se calmen. Mientras tanto vamos a concentrarnos en el bebé y a prepararnos.

Parecía tan fácil. Sin embargo para Alana era importante afirmar su independencia, a pesar de que sabía que Pascal llevaba razón. Los parámetros de la relación habían cambiado, pero al menos sabía que él la seguía deseando. Se fue a la cama y durmió bien por primera vez en toda la semana.

–La doctora ha dicho que no hay problema –soltó Alana sorprendiéndose a sí misma por ir directa al grano.

Acababan de volver de la consulta y de comprar unos libros sobre maternidad. Pascal estaba vestido con unos vaqueros desgastados y un abrigo oscuro. ¿Acaso nunca se iba a cansar de mirarlo?

–¿No hay problema en qué?

Alana se ruborizó, pero no apartó la mirada.

–Si nosotros... ya sabes... queremos...

–¿Hacer el amor? –preguntó él con una inocencia encantadora.

–Sí –reconoció. La doctora los había informado de que era completamente natural sentir más deseo durante el embarazo. Era fruto de las hormonas.

Pascal la tomó entre sus brazos. Le acarició la mejilla y vio cómo las pupilas de Alana se dilataban, lo que tuvo un efecto directo en su cuerpo.

–Si te parece, en un rato salimos a cenar –añadió Pascal. Tenía que ir despacio, tenía que controlar su irrefrenable deseo. Estaba con una mujer embarazada.

–Vale, ¿dónde?

–Tú eliges. Tengo que pasar por la oficina a recoger unos papeles. Volveré en una hora –anunció antes de marcharse.

–¿Que has reservado una mesa dónde? –preguntó Pascal sorprendido.

–En un restaurante que se llama Lapérouse –contestó con la guía aún en las manos.

–¿Lo estás haciendo apropósito?

–¿Apropósito? ¿Por qué? Me ha parecido agradable. Es uno de los restaurantes más antiguos de París –contestó mostrándole el libro.

—He oído hablar de ese restaurante. Más bien he oído por qué es famoso.

–¿A qué te refieres con famoso? ¿A que Émile Zola y Víctor Hugo solían ir allí?

—Algo así –murmuró Pascal–. Ya lo verás.

Salieron a la calle y se metieron en un taxi.

—Ya hemos llegado.

Se bajaron frente a una fachada muy ornamentada que hacía esquina. El restaurante estaba justo frente al Sena.

—Es precioso –dijo Alana admirando los murales exteriores de mujeres voluptuosas. Los alféizares de las ventanas estaban decorados con libros antiguos.

Cuando entraron, Pascal habló un momento con el camarero, quien miró a Alana con curiosidad y después les sonrió a los dos. Los condujo hasta un reservado tras atravesar un salón precioso con muchas mesas. El camarero abrió la puerta y Alana se quedó sin palabras. Era un pequeño salón privado, la mesa estaba preparada para dos personas. Una pared estaba cubierta por un espejo y había un sofá cubierto por almohadones de terciopelo. Los colores eran oscuros y el ambiente increíblemente sensual. Era como un *boudoir*.

Alana se dio la vuelta al oír cómo se cerraba la puerta y se encontró frente a frente con Pascal.

—No tenía ni idea de que era así.

—Te creo –contestó él con un brillo pícaro en la mirada.

En aquel momento Alana comprendió la reacción que había tenido Pascal. Lo acababa de llevar a un escenario propio de una fantasía erótica. El decorado ideal para los juegos de seducción.

–¿Qué es este lugar?

—Era donde los ricos venían a cenar en privado y se

dice que también era donde tenían lugar las aventuras clandestinas. Mira esto –dijo señalando el espejo–. Se dice que aquí era donde las mujeres probaban si los diamantes que les regalaban sus amantes eran verdaderos o no. Y también era donde escribían sus mensajes de amor.

Alana se acercó, pero no pudo descifrar los signos. La tensión sexual entre ellos había aumentado y casi podía sentir la respiración de Pascal. Una tos discreta sonó tras la puerta. Él abrió la puerta y el camarero entró con la carta y una jarra de agua. Se llevó los abrigos. Pascal invitó a Alana a sentarse.

–Muy buena elección –comentó él. Estaban sentados muy juntos.

–Sabes perfectamente que no tenía ni idea de que fuera así.

Pascal se acercó más y la tomó de las manos.

–Lo sé, sólo estoy bromeando. La mesa que habías reservado está en el salón principal. He sido yo quien ha pedido un reservado.

–¿Ah, sí? –preguntó nerviosa. Pascal asintió.

–Había oído hablar de este sitio, pero nunca había estado. Siempre he tenido la fantasía de venir aquí.

–¿De verdad? –preguntó a punto de derretirse. Estaban en un restaurante, pero satisfacer una de las fantasías de Pascal...

De nuevo se oyó una tos discreta.

–*Entrez* –contestó él, y no le quitó ojo mientras pedían la comida.

Cenaron langostinos, carne y un sorbete de chocolate de postre, aunque Alana sólo estuvo pendiente de los gestos de Pascal y de sus movimientos. Cuando terminaron el camarero retiró los platos y les trajo café y una copa para Pascal, quien le dijo al camarero unas palabras en francés justo antes de que saliera.

–¿Qué le has dicho? –le preguntó Alana cuando se quedaron solos.

Pascal le dedicó una mirada cargada de deseo.

–Que le llamaríamos en caso de necesitar algo más.

Alana miró a Pascal. Percibía su fragancia, la misma que la tenía cautiva. Su figura perfecta en aquella habitación. Le acarició el pelo y sin poder aguantarse más lo besó.

Llevaban una semana sin tocarse, pero parecía que había pasado una eternidad por la intensidad y la avidez con la que se encontraron. Sin dejar de mirarla, Pascal tomó a Alana entre los brazos y la llevó hasta el sofá que estaba detrás de ellos. La dejó delicadamente sobre la cama de almohadones. Después se quitó el jersey y deslizó los dedos entre los muslos de Alana, quien se arqueó en respuesta a la caricia.

Pascal le quitó las botas y las medias. Sus dedos ascendieron, incendiando el cuerpo de Alana, hasta rozar la tela húmeda de las bragas. Alana lo detuvo.

–No podemos, aquí no. Pueden entrar –dijo desesperada porque en realidad necesitaba sentirlo contra su cuerpo.

–Saben que no tienen que entrar –aclaró Pascal.

Alana dejó caer la cabeza. La mano de él la estaba cubriendo, moviéndose rítmicamente. Después le desabrochó el vestido para descubrir sus pechos bajo un sujetador rojo de encaje.

–Eres tan bonita... –dijo, y respiró profundamente antes de descubrirle un pezón y acariciarlo con el dedo pulgar.

Alana se mordió el labio. Estaba con la sensibilidad a flor de piel, todos los sentidos alerta. Su cuerpo estaba a punto de arder. Pascal le levantó una de las piernas sin dejar de tocarla y ella sintió cómo su cuerpo iba subiendo de temperatura.

Ella, con las piernas completamente abiertas, se incorporó levemente y desabrochó la camisa de Pascal. Necesitaba sentir su torso desnudo contra ella. Él la besó en los labios para después descender hasta el pezón y tomarlo en su boca. Mientras sus dedos se deslizaron más allá de la tela y se introdujeron dentro del cuerpo cálido y mojado de Alana.

Sin poder evitarlo, ella soltó un gemido. Le acarició el pelo, quería que dejara de torturarla con tanto placer y a la vez estaba deseando que no se separara de ella jamás. Las caderas de Alana se movieron rítmicamente contra la mano de Pascal para disfrutar de aquel placer interminable. Pero quería más.

Le separó la cabeza de su pecho y se perdió en aquellos ojos negros. Se sintió libre y excitada.

–Necesito más. Te deseo –le dijo encendida.

–Alana –gimió Pascal–. No voy a hacerte el amor aquí, sólo quería besarte.

–Pero ya ves dónde nos llevan los besos. Total, has dicho que no nos van a molestar... –sugirió. No se podía creer que estuviera hablando con tal atrevimiento.

Pascal miró aquellos profundos ojos verdes, oscurecidos por el deseo y finalmente le quitó las bragas. Besó la suave piel de los muslos mientras se desabrochaba los pantalones y se quitaba los calzoncillos que tanto lo oprimían.

–¿Estás segura? –le preguntó. ¡Cómo si fuera capaz de parar!

Alana sintió la erección cerca de ella. La sensualidad flotaba en el ambiente. Se sentía como una cortesana de otra época.

Aquel lugar era donde comenzaba y donde terminaba el universo.

Pascal se dio cuenta de que en aquel momento tenía todo lo que necesitaba. No podía negarlo. Inclinó ligeramente las caderas y entró en el cuerpo de Alana con suavidad en un solo movimiento. Ella echó la cabeza hacia atrás y se agarró con fuerza a sus bíceps. Sus pechos eran como dos frutos lujuriosos rodeados por el encaje escarlata.

Pascal inclinó la cabeza y ofreció a cada uno de los

pezones la atención que merecían. Los lamió detenidamente sin dejar de moverse dentro de ella. Las caderas de Alana no dejaban de buscarlo, cada vez más dentro, cada vez más profundo. Cuando separó levemente la cabeza y la miró se dio cuenta de que lo estaba mirando a los ojos. Pascal estuvo a punto de perder el control.

Alana estaba al borde. Podía sentir cómo sus músculos internos se contraían cada vez más rápidamente rodeando el sexo de Pascal en respuesta al ritmo cada vez más acelerado de sus movimientos. El color del rostro de Alana se tornó más intenso en el momento en que alcanzó el clímax y, en ese instante, el cuerpo de Pascal también sintió una descarga placentera en la que le dio todo lo que llevaba dentro. Después se giró a un lado, aún dentro de ella, para no aplastarla.

Cuando pudieron separarse, se sentaron en el sofá y Alana se acurrucó entre sus brazos. El sudor brillaba en su piel. Pascal sintió una emoción profunda y se estremeció. Ojalá aquél fuera un oasis del que no se marcharan nunca, pero no era así. Además estaba notando que aquella parte extraña y sentimental de sí mismo estaba aflorando y no se sintió cómodo. Sobre todo porque en ese estado se le olvidaba que tenía que mantener el control. Alana ya no era una simple amante, iba a ser la madre de su hijo. Y lo peor de todo, aunque le costara reconocerlo, era que ese hecho no había mitigado los impulsos ni la atracción que sentía por ella.

Mientras la acariciaba y los latidos de sus corazones se normalizaban, Pascal tuvo una visión del futuro asombrosamente clara. Al ser consciente de lo que estaba proyectando, se dio cuenta de que llevaba varios días dando vueltas a la cabeza, pero no había sido capaz de articular sus pensamientos porque le había resultado muy extraño verse en ese papel. Sin embargo, entonces fue consciente de que se moría de ganas de interpretarlo. Un torbellino de emociones y deseos lo asaltó. Tomó aire y finalmente halló la manera de colocar los sentimientos que Alana había provocado en su interior. Había encontrado el sentido de la visión de futuro que acababa de invadir su mente. No debía perder el control. Tenía que retirarse. Todo acababa de cambiar de manera irreversible.

En el taxi Alana se sintió satisfecha. No se podía creer lo que acababa de vivir en un restaurante, aunque hubiera sido en un reservado. Su mirada estaba clavada en Pascal. Le acarició la nuca y el pelo, y él tomó su mano y se la llevó hasta la boca para besarla. Alana se sintió una persona diferente y por un instante fue presa del pánico. ¿Sería ya demasiado tarde? ¿Habría permitido a Pascal llegar demasiado lejos y ya no sería capaz de recuperar la cordura? ¿Se iría a quedar destrozada el día en el que inevitablemente se separaran?

Lo único que sabía con certeza era que por su marido, a quien había pensado que había amado, nunca había sentido algo así. Por lo tanto ya no podía seguir diciéndose a sí misma que se trataba sólo de deseo y de sexo.

Pascal le estaba besando la mano mientras la miraba a los ojos, sin embargo no dejaba de ser una mirada distante. Había percibido aquella distancia en el reservado tras hacer el amor. Había estado pendiente y tierno mientras la había ayudado a vestirse. Pero había habido cierta frialdad en su actitud. Como si se hubiera sentido avergonzado. ¿Quizás por la actitud tan atrevida de ella? Alana se preguntó cómo había llegado a conocerlo tan bien porque fue perfectamente consciente de que algo había cambiado.

Capítulo 8

SIN LUGAR a dudas algo iba mal. Desde la noche del restaurante, una semana atrás, Pascal no la había vuelto a tocar.

No la había dejado sola como la semana anterior. Había vuelto a casa pronto todos los días, habían cocinado o habían salido a cenar fuera, sin embargo un muro invisible se había levantado entre ellos. Alana se sentía demasiado insegura como para preguntarle qué estaba sucediendo. No obstante, ardía en deseos de tocarlo, de besarlo de nuevo. Quería tomar la iniciativa, pero tenía miedo de la reacción de Pascal. Sin poder evitarlo, pensó que aquél era el principio del fin de su atracción hacia ella. Había sentido algo definitivo la última vez que habían hecho el amor.

Desde entonces, lo único que quería hacer Pascal era hablar. Hablar de todo.

–¿Has vuelto a pensar en lo que quieres hacer?

Alana dejó sus pensamientos a un lado. Estaban en un restaurante cercano a la casa. Miró a Pascal y trató de disimular el deseo que la invadía cada vez que sus ojos se encontraban.

–Me voy a apuntar a clases para mejorar mi francés. Y, en algún momento, no me importaría buscar un trabajo. Sé que aquí hay cadenas de televisión y emisoras de radio en inglés. Quizás contraten temporalmente a periodistas deportivos.

–Echaré un vistazo y estoy seguro de que en Internet también aparecerán ofertas de empleo. Ya te he dicho que puedes utilizar mi estudio cuando quieras.

–Gracias –dijo algo sorprendida. No esperaba que le fuera a facilitar el recuperar su autonomía.

–¿Qué te esperabas? ¿Que me iba a negar a que buscaras otro trabajo? ¿A que seas independiente? –le preguntó como si le hubiera leído el pensamiento.

–Te agradezco mucho que hayas pagado las deudas de Ryan y que te estés encargando de mi hipoteca mientras esté aquí. Pero algún día te devolveré todo –aseguró.

–Sabes de sobra que ya me he olvidado de ese dinero. Además eres la madre de mi hijo. No tuve cuidado de no dejarte embarazada. Era lo menos que debía haber hecho. Así que, por favor, no vuelvas a decir eso. No espero que me devuelvas nada –dijo visiblemente molesto.

–Yo tampoco puse los medios necesarios, Pascal, no fue sólo responsabilidad tuya. No quiero parecer desagradecida, pero los dos sabemos que no estamos hablando de una deuda de unos cientos de euros –explicó. Le costaba mirarlo–. Es sólo... Ryan no quería que yo trabajara, a pesar de que tenía mi licenciatura en Comunicación. No puedo evitar pensar que, si yo hubiera trabajado durante mi matrimonio, la situación económica no habría resultado tan catastrófica. Cuando él murió fue la primera vez que fui independiente y me juré a mí misma que no volvería a depender de nadie jamás.

–Y ése es el motivo por el que nunca has confiado tus problemas a nadie y por el que has luchado tanto por mantener tu trabajo.

–¿Cómo sabes eso? –preguntó sorprendida.

–Rory Hogan me lo contó.

–¿Cuando te habló también de mi matrimonio? –preguntó. Sus labios estaban tensos. Pascal asintió.

–¿Por qué te casaste con él, Alana? ¿No te diste cuenta de cómo era?

Alana se echó hacia atrás. No tenía ningunas ganas de hablar del tema, era demasiado doloroso, demasiado íntimo. Eludió su mirada.

–Me casé con él porque lo quería, por supuesto –contestó en tensión. Si se podía engañar a sí misma, bien podía engañar a Pascal–. Nos conocimos en un acto que conmemoraba la carrera de mi padre como jugador de rugby. Se acercó a mí y empezamos a hablar –explicó, y en ese momento sonrió. En aquella parte de la historia no tenía que fingir–. Fue un flechazo –añadió, y tomó un sorbo de café. El flechazo no había durado mucho, pero cuando Alana se había dado cuenta ya había sido demasiado tarde porque estaban casados.

–No sé por qué, Alana, pero tengo la sensación de que no me estás contando toda la verdad. No te preocupes porque algún día lo harás.

Alana se sintió obligada a mirarlo a los ojos. Su mirada era penetrante, incisiva y de alguna manera prometía un futuro que ella era consciente de que no iba a existir. Pestañeó para deshacerse de aquella intensidad que no debía condicionarla, ni a ella ni a sus decisiones.

–¿Y qué hay de ti, Pascal? ¿Hasta ahora no te ha atrapado nadie? Estoy segura de que muchas de las mujeres que conoces se casarían contigo hoy mismo.

A Pascal le sentó fatal aquella referencia al presente y el tono distante.

–Nunca he dejado que nadie llegue tan lejos –repuso fríamente. Se quedó pensativo–. Tú y yo no somos tan distintos. Crecí junto a mi madre, soltera y empeñada en que la felicidad residía en una idea ilusoria del matrimonio. Eso me enseñó a no mirar el matrimonio con unas gafas de color rosa.

–¿A qué te refieres? ¿Quería casarse a toda costa?

–Mi padre era un hombre casado del pueblo natal de mi madre, con el que tuvo una aventura a los dieciocho años. Él le aseguró que iba a dejar a su mujer y a sus hijos y que se iba a casar con ella, pero nunca lo cumplió. Ella se mudó destrozada a París para tenerme a mí y la misión de su vida se convirtió en encontrar a otro hombre para casarse. Pero nadie quería asumir a una madre soltera con un niño.

»Cuando fui a vivir con mi abuelo, mi padre todavía estaba en el pueblo, él nunca se marchó. Sabía exactamente quién era yo. Nos cruzábamos una media de dos veces al día y pasaba a mi lado como si yo no existiera. Después supongo que se iría a su casa y jugaría a la familia feliz con su esposa y mis tres hermanastros. Ésa es la razón por la que nunca he querido casarme. Si el matrimonio puede llevar a un hombre a rechazar a su propio hijo, a saltarse los votos que ha jurado...

Alana sintió una punzada en el corazón. Quiso acercarse y tocarlo, pero él se echó hacia atrás.

–Tú nunca te comportarías de esa manera, Pascal. Y hay un montón de gente que tiene niños y que logra conocer a una persona nueva con la que rehacer su vida. Fue sólo cuestión de mala suerte que tu madre no lo consiguiera. Se debió de sentir muy sola –dijo para reconfortarlo.

Pascal sintió un nudo en el estómago al escuchar que Alana le decía que él nunca haría lo que su padre le había hecho a él. De nuevo el sentimiento de familia que su abuelo le había inculcado volvió a aflorar y le volvió a dejar desconcertado. Alana se estaba acercando demasiado, colándose muy dentro y él debía alejarse para protegerse.

–Mi madre siempre me culpó de su dolor y de su soledad. Y al final el daño le pasó factura y se murió de cáncer cuando yo tenía catorce años –añadió secamente.

–Lo siento. No importa lo difícil que fuera vuestra relación, al fin y al cabo era tu madre. ¿Ahí fue cuando te mudaste con tu abuelo? –preguntó. Pascal asintió. Se sentía muy expuesto y vulnerable–. ¿Cuál es la relación entre tu abuelo y el rugby? Hay algo ahí de lo que nunca hablas –le preguntó Alana. Era una pregunta que siempre le había rondado la cabeza. Los ojos de Pascal brillaron de la misma manera que habían brillado el día de la entrevista. Se sentía acorralado.

–¿Me estás preguntando como periodista? ¿Estás buscando una noticia para tu primer reportaje en Francia? –soltó a la defensiva.

–Por supuesto que no –repuso dolida.

Sus ojos se encontraron. Negros y verdes. Alana logró mantenerle la mirada y de repente apreció que la expresión de su rostro se relajaba lentamente. Pascal le agarró una mano y no la dejó soltarse. Aquel contacto hizo que el deseo se disparara en el interior de Alana.

–Lo siento. No tenía que haber dicho eso. Sé que no eres así. La verdad es que me has preguntado sobre un tema que es... muy personal y nunca lo he hablado con nadie.

–Lo siento. No quiero entrometerme. Si para ti es difícil hablar del tema...

–No –dijo decidido, apretando las manos de Alana. No podía apartar la mirada de aquellos ojos verdes y de la comprensión que desprendían. Recordó lo que se había jurado a sí mismo que iba a conseguir después del cataclismo que había sufrido la noche del restaurante–. No es eso. Mañana, si quieres, te voy a llevar a un lugar donde será más fácil explicarlo todo.

Alana se limitó a asentir enganchada a la mirada de Pascal. Sin embargo también le entraron unas ganas locas de correr en la dirección contraria. Acababan de mantener una conversación muy especial que invitaba a una mayor intimidad dentro de la relación tan ambigua que estaban manteniendo. Aun así, la sensación de distancia permanecía y confundía a Alana. Las alarmas volvieron a saltar una vez más.

El día posterior Alana se despertó muy nerviosa. La noche anterior cuando habían llegado a casa había deseado que Pascal le hiciera el amor para apartar todas sus dudas y miedos. Sin embargo, él se había vuelto a mostrar preocupado y distante y se había encerrado en su estudio tras darle las buenas noches.

Por la mañana Pascal le había recordado que quería mostrarle algo.

–¿No tienes que trabajar? –le había preguntado Alana, y él se había limitado a negar con la cabeza.

En aquel momento estaba esperando en el portal a que Pascal llegara en coche. De repente llegó montado en uno enorme y reluciente.

–¿Qué es esto? Éste no es tu coche –dijo boquiabierta cuando él salió del vehículo.

–Tengo muchos coches. Pero tienes razón, es nuevo –contestó divertido.

–Pero... tú siempre usas deportivos.

–Me dijiste que odiabas los deportivos. Que eran el símbolo de los hombres impotentes tanto en el sexo como en el mundo.

–Ya, te dije eso –reconoció Alana, y recordó la conversación y el comentario en broma que le había hecho–. Pero... esto... es un coche para una familia.

Y eso era exactamente. Un Mercedes reluciente, de última gama, grande y confortable para toda una familia.

Pascal abrió la puerta del pasajero para que ella entrara. Alana no se quiso girar por si también había comprado ya la sillita del bebé. Sintió pánico.

Él se montó en el coche, arrancó y la miró un instante.

–¿Estás bien? ¿Estás mareada?

Alana no supo qué contestar. No sabía qué le estaba pasando.

–No, estoy bien. De verdad –contestó a pesar de que estaba hecha un lío.

–He comprado el coche para ti. Necesitarás uno. Pero el tráfico en París suele ser horrible e intimidatorio, así que puedes hacerte una idea primero mientras yo conduzco.

Alana se tranquilizó. Había comprado el coche para que ella fuera más independiente, no porque quisiera formar una familia con ella.

–¿Dónde vamos? –preguntó después de un rato.

–Ya lo verás –contestó. Se le veía muy tranquilo.

Después de veinte minutos en la autopista, Pascal tomó un desvío y entraron en un París completamente diferente. Eran los suburbios.

–¿Aquí es donde creciste?

–Cerca de aquí, sí.

Eran torres y torres de edificios. Pasaron por delante de un recinto con unas alambradas muy altas y un guarda de seguridad en la puerta que los saludó al pasar. Los niños jugaban en un campo. Pascal aparcó el coche y salieron. Alana notaba que estaba observando muy de cerca sus reacciones.

Él sacó del maletero una bolsa que había metido al salir de casa. En ese momento una pandilla de adolescentes se acercó a Pascal y se estuvieron saludándolo en una jerga extraña. La mano de Alana estaba bien sujeta por la de Pascal. Se sentía completamente protegida su lado. Uno de los chavales se acercó a ella de forma un tanto amenazante y la rozó. Fue un momento tenso, pero el chico, al ver la actitud serena de Alana se relajó y tras un momento tirante todos se echaron a reír.

Pascal y Alana entraron en el edificio.

–Acabas de ser aceptada por uno de los cabecillas más importantes de la pandilla de la zona –le susurró. Alana sintió un escalofrío.

Él se disculpó un momento y la dejó charlando con la cocinera del centro. Al cabo de un rato regresó vestido con un pantalón de chándal y una camiseta vieja. Estaba acompañado por un hombre grande y musculoso. Alana lo reconoció, era un jugador de la selección de rugby francesa que se acababa de retirar. Había jugado el anterior torneo de las Seis Naciones. Él también la reconoció y estuvieron charlando un rato.

Sólo cuando los siguió fuera del edificio, Alana comprendió la importancia de aquel lugar. Era un campo de rugby. Los adolescentes que había conocido y algunos más estaban calentando. Además de Pascal y de Mathieu, el jugador retirado, había otros tres entrenadores. Las sospechas de Alana se confirmaron en cuanto vio a Pascal en acción. Tenía la calidad de un jugador de élite.

La cocinera le trajo una taza de chocolate caliente y Alana se sentó en un banco. Estaba impresionada con la calidad que había en aquel campo. Los adolescentes eran verdaderos diamantes en bruto.

Después de un rato, Pascal se separó del resto y se sentó junto a Alana, a quien no le importó que estuviera sudado. Sólo podía mirar sus músculos brillantes y poderosos. Tragó saliva en un intento de reprimir el deseo de meter a Pascal dentro del vestuario y hacerle el amor. Debían de ser las hormonas del embarazo.

–Supongo que éstos no son sólo unos chavales que vienen aquí una vez a la semana a pasarse el balón, ¿no?

–No. Forman parte de la escuela de rugby que he montado. Ya sé que a primera vista no lo parecen –dijo, y se encogió de hombros–. El rugby ha sido siempre mi primer amor, así que he puesto todo mi amor en esta escuela. Quería introducir el deporte en esta zona. Tenías razón cuando comentaste que el rugby ha sido sobre todo un deporte de las clases medias, pero con una escuela así hacemos que no se sea tan exclusivo. Después de todo, yo también provengo de aquí.

–Así que, a ti también te hubiera gustado jugar. Cualquiera que te vea se da cuenta de que tienes un talento natural para este deporte. ¿Por qué no apostaste por el rugby?

–Mi abuelo se dio cuenta de que yo valía –dijo resignado y con modestia–. Él había jugado toda su vida y era muy bueno. Pero nunca logró nada. Comenzó a jugar sólo para integrarse en la comunidad. Era mitad argelino y siempre se sintió extranjero. Por eso se tomó tan mal que mi madre ensuciara su reputación, que tanto le había costado conseguir, al liarse con un hombre casado.

Él siempre se arrepintió de cómo se había portado con ella, así que cuando mi madre le dijo que se estaba muriendo, él lo consideró la oportunidad de compensarla y me acogió. Después comencé a vivir con él y a jugar al rugby. Me vio un ojeador, pero mi abuelo no me permitió volver a París a intentarlo.

–¿Por qué no?

Pascal suspiró.

–Porque no quería que acabara de nuevo en los suburbios. Se daba cuenta de que, si me adaptaba al mundo del rugby, lograría entrar y destacaría durante un tiempo. Pero también sabía que me acabaría quemando y me quedaría sin nada. Ten en cuenta de que me enteré de que tenía buena cabeza sólo cuando fui al colegio viviendo con él. Mi abuelo también lo vio y me pidió que siguiera por ese camino... una carrera y un buen trabajo. En vez del rugby.

–¿Sacrificaste una carrera deportiva por satisfacer los deseos de tu abuelo?

Pascal sonrió ante la incredulidad contenida en las palabras de Alana. Miró al terreno de juego.

–Estos chicos también tienen cabeza. Y espero que puedan absorber lo mejor de los dos mundos. Mi abuelo los consideraba mundos opuestos. Fue el único miembro de mi familia que mostró un interés verdadero por mí. No podía darle la espalda –explicó y se quedó en silencio. Alana se quedó impresionada por el sacrificio que había hecho–. La verdad es que, si no hubiera sido por mi abuelo, probablemente habría terminado en la cárcel. La pandilla a la que pertenecía aquí cada vez estaba más metida en drogas, atracos... éramos lo peor de lo peor. Y el siguiente paso era la prueba de iniciación.

–¿A qué te refieres? –preguntó aunque se lo imaginaba. Pascal desvió la mirada.

–La semana después de que yo me marchara se mató de un disparo a un miembro de la banda rival. Si yo hubiera estado allí, habría sido el elegido para hacer el trabajo porque era mi turno.

Alana le tomó de la mano y le obligó a mirarla.

–Pero no lo hiciste, Pascal. Saliste de aquí –le tranquilizó. Él había palidecido y quería reconfortarlo.

–Ya. Sin embargo estuve a punto de hacerlo y no sabes lo que me asusta reconocerlo.

–No puedes estar seguro. No sabes cómo te hubieras comportado en ese momento, la decisión que hubieras tomado. No te condenes tan fácilmente por algo que no has hecho.

Pascal clavó la mirada en sus ojos, pero se asomó mucho más adentro. Tenía la sensación de que una parte de él aún vagaba por aquellas calles, perdida para siempre, salvaje, capaz de cosas terribles. ¿Tendría Alana razón? ¿Habría tomado otra decisión de haber estado en esa situación? ¿Llevaba toda la vida cargando con la culpa de un delito que nunca habría cometido?

Pascal soltó la mano de a Alana en el momento en el que le lanzaron un balón. Se puso en pie con agilidad y lo agarró. Miró a Alana un instante antes de volver al terreno de juego.

Ella se quedó pensando en todo lo que le acababa de contar. Estaba impresionada y se dio cuenta de que Pascal había volcado toda su fuerza y su competitividad en la vida profesional. Era evidente que se había ganado a pulso todo lo que tenía. Y además había querido dar a otros la oportunidad que él no había tenido.

* * *

–Bueno, ¿qué te ha parecido? –le preguntó Pascal en el coche de vuelta a casa. Era por la tarde y el sol se estaba poniendo.

–Creo que lo que estás haciendo es impresionante –reconoció, pero en un tono bastante neutro–. Especialmente conociendo tu historia. ¿Cuántos de esos chicos saben que estuviste a punto de ser un jugador?

–Ninguno. Mathieu lo sabe, llevamos siendo amigos muchos años. Es del mismo pueblo que mi abuelo. Él también fue escogido por el ojeador. Siempre he seguido su trayectoria y he visto hasta dónde ha llegado –comentó mientras entraba en la autovía. El tráfico era muy denso–. Y ¿sabes una cosa? Mi abuelo tenía razón. Mathieu ahora tiene la escuela, entrena, hace de comentarista, pero aparte no tiene mucho más. A veces me dice que hubiera preferido seguir mi camino.

–Y tú hubieras preferido el suyo, ¿no? –preguntó risueña. Pascal se encogió de hombros.

–¿Quién sabe si me he perdido tanto?

Se quedaron en un silencio tranquilo, Alana bostezó y se fue quedando adormilada. Se sentía a gusto, protegida. Cerró los ojos y no se dio cuenta de cómo la recorría Pascal con la mirada. Apenas si notó cómo le retiraba un mechón de pelo de la cara.

Pascal se obligó a dejar de mirarla. Aún no se creía que le hubiera contado toda su historia, a pesar de que la había llevado a la escuela con la intención de hablarle de su pasado. Había sido tan fácil.

La miró de nuevo. Sentía una emoción enorme en el pecho. En aquel momento notó que ya era suya. Era perfectamente consciente de que no quería que se marchara de su lado y de que haría lo que fuera necesario para que su relación fuera más allá de lo puramente sexual. Quería que aquella relación funcionara, por fin. Para ello, precisamente, debía evitar el sexo. Tuvo un escalofrío. Cada vez que la miraba su cuerpo empezaba a arder. Se trataba de la prueba más complicada de su vida. Pero era la única forma que tenía de demostrarle a Alana sus verdaderas intenciones.

Alana se despertó. Eran las diez de la mañana y estaba en la cama cubierta sólo por la ropa interior. Llevaba durmiendo desde la tarde del día anterior en el coche. ¿Y Pascal la había desnudado? ¿Quién si no? ¿Y no se había despertado?

Se levantó y se duchó rápidamente. Estaba completamente desorientada. Se dirigió a la cocina, pero no encontró ninguna nota de Pascal. De repente la puerta del estudio se abrió y Alana pegó un bote.

Estaba vestido como un ejecutivo, nada que ver con el entrenador del rugby del día anterior.

–Lo siento, por lo visto estaba más cansada de lo que pensaba. Debe de ser el embarazo.

Él se le acercó. Estaba muy atractivo, pero serio.

–Soy yo quien se debe disculpar. No te tenía que haber tenido sentada sobre un banco frío todo el día. Has podido resfriarte. ¿Cómo te encuentras? Creo que es mejor que vayamos a la médica de todos modos. Iba a llamarla si no te despertabas en un rato.

–¡Pascal! No seas ridículo –exclamó tras una carcajada–. Estoy bien. Soy una dura chica irlandesa. Estar sentada en un banco no va hacer que pille una neumonía.

–Como tú digas... –dijo, pero seguía preocupado.

–Pascal, de verdad. No he dormido bien las últimas noches. Eso ha sido todo. Mira –le pidió, y llevó la mano de él hasta su frente–. ¿Ves? No tengo fiebre, estoy bien.

Enseguida le soltó la mano porque el más mínimo contacto ya encendía a sus hormonas. Dio un paso atrás. Seguía todavía confundida por el muro invisible que había entre ellos. Le estaba costando aceptarlo porque significaba asumir que Pascal había dejado de desearla.

Él pareció quedarse más tranquilo y caminó hacia el estudio. A medio camino se dio la vuelta.

–He hecho una lista de sitios para que vayamos a ver hoy.

–¿Sitios? ¿A qué te refieres? –le preguntó siguiéndolo hasta el espacioso y luminoso despacho. Pascal le señaló la pantalla del ordenador para que se acercase a verla–. ¿Qué quieres que vea?

En ese momento Pascal presionó una tecla y apareció la página de una agencia inmobiliaria con fotografías de varias casas con jardín.

–Son casas y apartamentos en venta en París, sobre todo en la zona de Montmartre. Mencionaste que te gustaba ese barrio.

–Yo... bueno... Sí, pero... ¿qué quieres decir? ¿Por qué las estás mirando? –preguntó desconcertada una vez más por aquel hombre.

–No me parece que esta casa sea la ideal cuando nazca el bebé, ¿no? Aunque hay ascensor, es un último piso y no es muy grande como para acomodar al bebé.

Aquel apartamento era más apropiado para un soltero millonario, pero aun así Alana se había quedado pasmada y no reaccionaba.

–Supongo que tienes razón.

–Bien. Y ahora, he fijado unas citas para ver algunas casas, si te parece bien –no esperó una respuesta. Tomó a Alana del brazo y la llevó a la cocina–. Ahora a desayunar y cuando termines nos vamos.

Aquella tarde la cabeza de Alana no paraba de dar vueltas. Habían visitado unos chalés increíbles en el barrio latino. Algunos palacetes en Montmartre, con unos jardines maravillosos. Pisos modernos y lujosos cerca de la Torre Eiffel. Y todas las casas tenían algo en común: eran exclusivas y desorbitantemente caras. La flor y nata de París. Se lo había dicho a Pascal, pero él había insistido en que el dinero no era un problema.

Por lo visto estaba dispuesto a pagar por un palacete para su hijo y su ex amante. A Alana también le quedó bien claro que Pascal iba a seguir viviendo en su apartamento ya que en ningún momento había pronunciado el pronombre «nosotros». Sólo contaba la opinión de Alana en esa decisión. Seguramente querría mantener su independencia para poder seguir teniendo amantes.

Cuando regresaron a casa a Alana le dolía la cabeza. Su vida había cambiado tanto en tan poco tiempo. Pascal no la había tocado en todo el día, incluso se había separado de ella cuando sin querer se habían rozado.

—Esta noche tengo una cena de negocios. Te pediría que me acompañaras, pero estoy seguro de que estás cansada después de todo el día —le dijo Pascal cuando entraron en casa.

Alana estaba agotada, aun así, estuvo a punto de soltar una carcajada. Había tanta adrenalina corriendo por sus venas que se sintió capaz de correr una maratón.

—Estoy bien —respondió tras entrar en casa y cerrar la puerta—. Dime, ¿has estado antes en esta situación? Porque parece que se te da muy bien esto de acomodarnos.

—¿Acomodaros? —preguntó suspicaz mirándola. Ella se acarició el vientre. Le aterrorizaba la sensación de soledad.

—Sí, a mí y al bebé. ¿Cómo sabes si yo quiero vivir aquí de forma permanente, Pascal? Nunca te he dicho que quiera vivir aquí. Lo que te he dicho es que espero con todo mi corazón poder volver a casa en algún momento.

—No seas ridícula. Vas a tener un hijo mío. Te lo he dicho, me voy a involucrar en todo —le soltó.

El miedo de Alana y la rabia eran cada vez mayores.

—Siempre y cuando estemos cada uno en una punta de la ciudad, ¿no es así?

–¿De qué estás hablando, Alana? Ahora no tengo tiempo para esto.

–Pues yo tampoco –replicó apunto de echarse a llorar.

Lo único que quería, a pesar de ser consciente de que ya no la deseaba, era que Pascal dejara de comportarse de una manera tan confusa y la abrazara para dejar de pensar en que se iba a convertir en la yegua de cría de un millonario. Con Ryan se había sentido sola, pero al menos habían fingido que eran una pareja. Alana no quería eso tampoco, pero tenía la cabeza a punto de estallar. Y era todo culpa de aquel hombre. Lo miró fijamente.

Justo cuando Pascal iba a contestarle le sonó el teléfono. Soltó una palabrota antes de descolgar y Alana pasó por delante de él y se dirigió a la cocina. Cuando él entró minutos después parecía muy preocupado. Pero no le iba a preguntar qué le pasaba. Ya había sido esposa una vez y no lo iba a volver a hacer. Y menos con un hombre como Pascal.

–Mira. Ahora me tengo que ir, ya han empezado la reunión. Hablamos mañana, ¿vale?

–Vale –repuso desganada. Comenzó a abrir cajones y armarios sin saber qué estaba haciendo. Cuando paró y se dio la vuelta, él ya se había ido.

Capítulo 9

EN CUANTO Alana se quedó sola, rompió a llorar. ¿Qué demonios le pasaba? Quería estar con Pascal, pero luego no quería. Quería ser independiente, pero cuando él la había llevado a ver casas donde podría vivir de forma independiente tampoco las quería.

Lo único de lo que estaba segura era que deseaba a aquel hombre desesperadamente, le dolía la piel con sólo pensar en sus caricias. Se limpió las lágrimas y se preparó algo de cenar. Cuanto más cerca lo tenía, peor. Llevaba varias noches teniendo sueños eróticos tras los cuales se había despertado sudando y con la cama completamente deshecha. Necesitaba contacto físico. Era lo único que le permitía olvidarse de la confusión que reinaba en su cabeza. Ojalá hubiera podido quedarse siempre en el estado de tranquilidad que sólo él sabía proporcionarle.

Cenó sin apenas apetito. Su único pensamiento era seducir a Pascal. Tenía que estar segura de si lo atraía o no. En caso negativo, todo se volvería mucho más sencillo. Alana volvería a Irlanda y afrontaría la situación. No iba a permitir que Pascal la instalara en París como su antigua querida. Pero tenía que estar segura. De repente se sintió mucho mejor. Fregó su plato y se metió en la ducha donde estuvo pensando qué iba a ponerse.

Se dirigió a la habitación de Pascal y abrió el armario. Su fragancia intensa la envolvió una vez más y Alana notó que el ritmo de sus latidos se aceleraba.

Era increíble, ni siquiera le hacía falta su presencia para excitarse. Escogió una de las corbatas de seda. Lo había visto una vez en una película en la cual una mujer esperaba a su hombre vestida solamente con una corbata. Alana pensó que no tenía coraje para hacerlo, además su vientre ya estaba levemente hinchado, así que eligió también una camisa.

Se puso la camisa y la corbata, se soltó el pelo y se maquilló ligeramente, sólo para ensalzar el color de sus ojos.

De repente se sintió un poco tonta, pero decidió no hacerse caso. Tomó una botella de vino y una copa y se instaló en el sofá a esperar.

A medida que los minutos iban pasando, Alana iba mutando de un estado de ánimo a otro: seguridad en sí misma, vergüenza, inseguridad... Sin embargo estaba decidida a no moverse de allí. Lo deseaba demasiado. Aunque se estuviera exponiendo a que Pascal la rechazara, lo prefería si así lograba acabar con esa terrible ambigüedad y con el muro que se había interpuesto entre ellos. Tenía que poner freno a aquella situación ya que se sentía fuera de control, era como si Pascal supiera algo que ella desconocía, como si él estuviera leyendo un guión diferente.

Se levantó y se preparó un chocolate caliente. Abrió el vino para que respirara. Vio el telediario y después una película en francés, de la que no entendió una palabra. La camisa le estaba empezando a apretar, así que se desabrochó el primer botón y se aflojó el nudo de la corbata. Estaba agotada. Trató de resistirse al sueño, pero los cojines eran demasiado agradables como para no cerrar los ojos. Estaba segura de que escucharía llegar a Pascal, así que se dejó alcanzar por el sueño.

Pascal entró sigilosamente en casa y se alarmó porque la luz del salón estaba encendida. Se dirigió allí y frenó en seco en cuanto vio la escena que había delante de sus ojos. Alana estaba dormida en el sofá. Vestida con una camisa suya y con una corbata. Las piernas largas estiradas, el pelo alborotado, una mano sobre el vientre, la otra en la cabeza. Por un lado tan inocente y por otro tan perversamente sensual que Pascal sintió una oleada de deseo.

Apenas prestó atención a la botella de vino abierta. Se acercó, despacio para no romper el hechizo. ¿Se habría vestido así para él? Se quitó la chaqueta y la corbata sin darse cuenta de lo que estaba haciendo. Se sentía comprimido, tan excitado que el tiempo pareció haberse detenido. Alana era la encarnación viva de la tentación. Sus labios carnosos estaban pidiendo un beso. Hubiera sido tan fácil dárselo. Haberse arrodillado a su lado y haber acariciado con la lengua aquellos labios, haberla despertado con un beso deseando estar una vez más dentro de ella.

Se quedó quieto, de pie, librando una durísima batalla. Los recuerdos de la noche que había tenido que desnudarla para meterla en la cama, aún estaban frescos. Su resolución era firme. Podía resistirse otra vez a pesar de que le pareciera misión imposible. Con una expresión impasible en el rostro y unos niveles de autocontrol que nunca había necesitado, se agachó y tomó a Alana entre sus brazos. Ella soltó un leve sonido y se acurrucó en los brazos de Pascal sin ningún esfuerzo. Sus pechos estaban pegados al torso de él, quien tuvo que detenerse un instante y apretar la mandíbula hasta que le dolió. Estaba tan excitado que no estaba seguro de poder llegar hasta el dormitorio de Alana. Pero debía hacerlo. Lo estaba haciendo por el bien de ambos.

Alana supo que no estaba abriendo los ojos por una simple razón. Se estaba sintiendo tan segura y tranquila que no quería despertarse jamás. Y sin embargo, había otra sensación más intensa que la estaba despertando, nacía en el vientre y se estaba extendiendo por todo su cuerpo con un cosquilleo. Finalmente comenzó a despertarse al darse cuenta de que estaba entre unos brazos fuertes y contra un pecho musculoso. Pascal. Justo cuando se estaba dejando llevar. De repente su cuerpo reaccionó contra aquella sensación de abandono.

–¿Qué estás haciendo? –preguntó adormilada.

–Estás medio dormida. Vuélvete a dormir, Alana –le contestó en un tono profundo y denso.

–Pero... Me he quedado levantada para seducirte –replicó. Sabía que estaba siendo tan sincera sólo porque estaba aún dormida y estaban a oscuras. Cada vez la excitación era más intensa.

Alana notó cómo el cuerpo de Pascal se ponía en tensión al oír sus palabras. En ese momento la dejó sobre la cama.

–Sólo necesitas mirarme para seducirme. Y ahora duérmete, Alana –contestó enigmático tras un largo silencio.

Pascal salió de la habitación y ella se incorporó en la cama. «Sólo necesitas mirarme para seducirme». ¿Lo había soñado? No, creía que no y un estremecimiento se apoderó de su cuerpo.

Apartó el edredón y salió de la cama. El corazón le latía a toda velocidad. Regresó al salón porque intuyó que Pascal estaría allí. Se detuvo en la puerta y lo vio asomado a la ventana. Estaba tomándose una copa de vino y al oírla se dio la vuelta.

–¿Qué se supone que quiere decir eso, «sólo necesitas mirarme para seducirme»? ¿Si es así, entonces por qué no...? –se sintió incapaz de terminar la frase.

–¿Por qué no te hago el amor? –concluyó él. Alana asintió.

Pascal dejó la copa de vino y se metió las manos en

los bolsillos. Su presencia una vez más resultaba imponente y el eterno cosquilleo en la tripa de Alana se volvió más intenso.

–Porque estoy intentando demostrarte que entre nosotros puede haber algo más que... deseo, lujuria, sexo.

–No te entiendo –Alana se acercó un poco. Pascal se pasó la mano por el pelo.

–Desde que nos conocimos lo fundamental ha sido la atracción física que hemos sentido, una atracción sin precedentes para ambos. Pero ahora que estás embarazada, vamos a tener un bebé y yo sólo quería ir un paso más allá. Me haces sentir... El otro día en el restaurante, no tenía ninguna intención de llegar tan lejos, pero fue cuestión de segundos y no pude volverme atrás.

Aquella falta de control aún le sorprendía.

Alana estaba sonrojada y al mirar a Pascal se dio cuenta de que también lo estaba. El deseo flotaba en el ambiente. Ella se preguntó cómo seguía en pie porque se sentía débil y temblorosa. Y un poco enfadada.

–¿A qué te refieres, Pascal, con ir un paso más allá? Nosotros somos sólo... éramos amantes. Yo estoy aquí hasta que se calmen las cosas en casa. Nada ha cambiado.

Pascal se cruzó de brazos y la expresión de su rostro fue aún más seria.

–¿Por qué sigues repitiendo eso? Ya te lo he dicho, ahora estamos juntos. No me voy a separar ni de ti ni del bebé.

–Y por eso te has pasado el día mostrándome casas donde nos colocarías a mí y al bebé –dijo con amargura, y negó con la cabeza–. No, yo no quiero eso, Pascal. Prefiero volver a casa antes de convertirme solamente en tu responsabilidad.

–¿De qué estás hablando? –le preguntó cada vez más cerca. Se notaba que estaba exasperado–. Las casas que hemos visitado hoy son para los tres, no para ti y el bebé. ¿Qué te ha hecho pensar eso? ¿De verdad has pensado que yo iba a seguir viviendo aquí y os iba a tener a vosotros viviendo en la otra punta de la ciudad? –preguntó. Los ojos le brillaban, estaba muy cerca de Alana. Si hubiera extendido el brazo, lo hubiera rozado, pero por primera vez, no quiso hacerlo y dio un paso atrás.

–Sí, eso es lo que he pensado. Nunca hemos hablado del tema, Pascal. Yo te dije que estaba a gusto en una relación sin compromisos. Pero... no así –contestó. De repente el miedo volvió a aparecer. Aquel hombre la confundía tanto.

–Eso era antes de que estuvieras embarazada. Las cosas ahora son diferentes.

–Pero yo no quiero esto, Dios mío –soltó tras un suspiro. Se acababa de dar cuenta de lo que él tenía en mente–. El coche, las casas... Lo has planeado todo, ¿verdad?

–Bueno, alguno de los dos tiene que afrontar la realidad, Alana. ¿Dime cómo ves tú el fututo para ti, para mí y para nuestro hijo?

–Veo que yo me voy a ir a casa tan pronto como pueda y tú nos podrás visitar siempre que quieras –repuso fríamente. La independencia que tanto le había costado conquistar se estaba tambaleando. Se sentía muy vulnerable.

Pascal avanzó, pero ella dio un paso atrás. Aquel punto era justamente en el que no quería entrar. No quería tener que reconocer sus sentimientos delante de él. De la persona que estaba intentando acoplar a Alana en su vida. Quien estaba amenazando los pilares que había levantado con tanto esfuerzo tras la muerte de Ryan.

Alana negó con la cabeza y, en silencio, le suplicó que la comprendiera.

–¿Me puedes decir sinceramente que cuando esté como una ballena te seguirás alegrando de que esté en tu vida? ¿Que cuando tengamos un bebé que se despierte por las noches llorando para comer, no te arrepentirás de no haber mantenido tu independencia? –preguntó, y al ver que Pascal no detenía su avance, Alana se irritó aún más–. ¿O quizás estés pensando en mantener este apartamento para recibir a tus amantes? Bueno, pues yo no lo quiero soportar.

Pascal finalmente llegó hasta su lado y la tomó por los brazos. No fue hasta ese momento que Alana se dio cuenta de que todavía estaba vestida con la camisa y la corbata. Le hizo gracia haber llegado a pensar que evitaría aquella conversación gracias al sexo.

–Maldita sea, Alana. No voy a conformarme con el compartimento en el que me has encasillado. No tengo ninguna intención de echarme una amante. Estaba pensando en vender este apartamento –dijo, y soltó una carcajada llena de sarcasmo que enervó a Alana–. Nunca pensé que diría esto, pero por primera vez en mi vida he llegado incluso a contemplar la posibilidad del matrimonio. Me has hecho pensar que quizás sería diferente para mí, para nosotros, a pesar de nuestros respectivos pasados. Pero sabía que con sólo proponértelo saldrías corriendo. Así que me he contenido y he querido mostrarte que podemos tener una vida diferente aquí, que podemos tener una historia que no se limite al sexo. Estoy preparado para comprometerme contigo, pero tú jamás te plantearás la posibilidad de formar una familia, ni siquiera por nuestro hijo.

Alana estaba a punto de echarse a temblar. Aquellas palabras... ¿Qué estaba diciendo? Se sentía completamente superada por la situación.

–Pero tú... tú eres un donjuán. A ti te gusta estar soltero. Tú no te comportas así. ¿Cómo puedes querer algo así?

–¿Me preguntas eso cuando tú, que eres la mujer, no lo rechazas? –preguntó con sarcasmo. No la soltó y la miró intensamente. Alana se sintió de repente esperanzada y, después del discurso racional que la había dejado fría, volvió a sentir una llama en su interior. Sin embargo él estaba muy serio–. Sería una pena enorme tener que renunciar a lo nuestro, después de todo –añadió dibujando caricias sobre el rostro de Alana.

–No, Pascal, así no. Tú no quieres.

–¿Ah, no? –preguntó con ironía, y arqueó una ceja–. Por lo visto me conoces muy bien, Alana. Crees que no me vas a excitar cuando el embarazo esté más avanzado, o que voy a detestar oír a mi propio hijo cuando llore porque tiene hambre, que odiaré asumir los turnos que me toquen para alimentarlo por las noches para que tú descanses. Que me cansaré de la vida familiar, que conservaré esta casa para mis amantes. Como parece que me conoces tan bien, quizás también sepas que ya me he cansado de hablar. Ya no voy a intentar mostrarte otra cara de esta relación porque es evidente que a ti sólo te interesa la satisfacción física. Para ti nunca ha sido nada más, ¿verdad?

Sin que Alana tuviera tiempo de reaccionar ni de encontrar las palabras para expresar el dolor que estaba sintiendo, Pascal le deshizo el nudo de la corbata y comenzó a desabrocharle lentamente los botones de la camisa. Alana se quedó sin aliento cuando el aire rozó sus pechos desnudos. La camisa cayó al suelo.

–Ahora mismo, también me he cansado de negarme a mí mismo lo que tan generosamente me ofreces –añadió. Y sin más preámbulos, la abrazó y la besó ardientemente.

Alana sintió que su mundo se había convertido en una bola de fuego y que no podía distanciarse de ella, a pesar de ser consciente de que saldría malherida. En alguna parte de su cabeza sabía que lo más sensato era dar un paso atrás y decir que no. Sin embargo su cuerpo tuvo una opinión bien distinta. Sus manos ya estaban desnudando a Pascal. Se moría de ganas de sentir su piel. Le quitó la camisa.

Él se separó un instante, sin aliento.

–Me conviertes en algo... me haces sentir como si mi pasado aún corriera por mis venas. Salvaje.

Ella le acarició suavemente el rostro, como si la conversación anterior no hubiera existido.

–Eso no es algo negativo. Es una parte de ti –le besó en la mejilla–. Yo puedo cuidarte. Muéstrame ese lado.

Pascal la tomó entre sus brazos y la llevó hasta la cama. La tendió allí y se quitó el resto de la ropa. Cuando Alana lo vio de pie y completamente excitado, se incorporó y lo atrajo hacia ella. Tomó su sexo duro entre las manos y se lo llevó a la boca.

Se dio cuenta de que Pascal se estaba intentando controlar porque cuando puso una mano sobre la cabeza de Alana, la mano estaba temblando. Sin embargo no la dejó llegar hasta el final. Cuando estaba a punto, separó la cabeza de ella. La tumbó sobre la cama y le quitó las bragas. Acarició el vientre ligeramente hinchado y le dio un beso. Inexplicablemente Alana notó que los ojos se le inundaban de lágrimas. Para olvidar el torbellino emocional que la asaltaba, abrazó a Pascal y lo atrajo contra sí.

–Por favor, te deseo ahora –le suplicó abriendo las piernas y abrazándolo con ellas.

Pascal se tumbó encima lentamente. Alana se mordió el labio, no podía dejar de mirarlo. Era consciente de que estaban librando una batalla silenciosa, pero finalmente, cuando pensaba que le iba a tener que suplicar una vez más, él la agarró de las caderas y la penetró de una vez de tal manera, que Alana sintió que le había llegado hasta el alma.

Lo abrazó aún más fuerte con las piernas para sentirlo cada vez más y más dentro, acompañando los movimientos de Pascal con los suyos, perfectamente acoplados. Alana se abrazó a él y lo besó sin parar en cada centímetro de piel que encontró. Cuando estaba a punto de alcanzar el orgasmo, agarró con fuerza los glúteos de Pascal y esperó a deshacerse en espasmos de placer que la arrebataron. Sintió cómo Pascal explotaba dentro de ella, su cuerpo tenso por la intensidad.

Se tumbaron de lado mientras recuperaban el aliento, aún íntimamente unidos. Alana cayó en un profundo sueño y no se enteró de cuando Pascal salió de su cuerpo, se levantó de la cama y se fue a su dormitorio. La expresión de su rostro era muy sombría. Se giró una última vez para mirar a Alana.

La mañana siguiente, cuando Alana se despertó, tenía una sensación deliciosa de satisfacción. Recordó el placer que había sentido la noche anterior, pero instantáneamente esa sensación se borró y afloraron los nervios.

No le hizo falta mirar para comprobar que Pascal no había dormido con ella. No oyó ningún ruido en la casa. Se levantó, se lavó y se vistió, ya adivinando que Pascal se habría marchado a trabajar. Encontró una nota en la cocina: *Tenemos que hablar. Pascal.*

Sintió miedo e inquietud y recordó la conversación que había precedido el explosivo encuentro sexual de la noche anterior.

¿Le había dicho Pascal de verdad que quería apostar por la relación y formar una familia? Había llegado a decir que respetaba el hecho de que Alana no quisiera contraer matrimonio. Pero la simple circunstancia de que hubiera barajado el matrimonio como posibilidad la dejó atónita.

Pascal le estaba ofreciendo seguridad, más que la prolongación de su aventura. Se acarició el vientre. Era consciente de que no podía ignorar que su vida iba a estar ligada para siempre a Pascal, le gustara o no.

De nuevo sintió pánico. Y claustrofobia, así que agarró las llaves de la casa y salió a dar un paseo. Cualquier cosa con tal de aclararse.

Volvió al cabo de un rato igual de confundida. En ese momento le sonó el teléfono y estuvo hablado unos instantes. Era una señal, una señal de bienvenida. Pascal no tenía ni idea de lo que estaba diciendo cuando le había ofrecido compartir su vida. Alana ya había experimentado aquella situación. Él cambiaría para adaptarse, pero al final su verdadero yo volvería a salir.

Y Alana no estaba dispuesta a reconocer por qué todo aquello le causaba tanto dolor. Se dijo así misma que era por su incapacidad para confiar en alguien de nuevo, sin embargo, en el fondo, muy en el fondo, sabía que no estaba siendo completamente sincera consigo misma. Aquélla era una verdad a medias.

–Voy a volar a Irlanda esta noche, Pascal, en el último vuelo desde Charles de Gaulle. Y tengo la reserva y el taxi está a punto de llegar.

Pascal se quedó paralizado en la puerta del salón. Alana lo llevaba esperando toda la tarde, por eso las palabras habían salido tan bruscamente de su boca.

La expresión de él fue gélida y distante. Soltó el maletín y se acercó al mueble bar. Se sirvió una copa y se giró hacia ella.

–¿Qué quieres que te diga, Alana?

Ella se cruzó de brazos.

–No quiero que digas nada. No tienes por qué decir nada.

–No, claro, se me había olvidado. A ti no te interesan las conversaciones, ¿verdad? Tú sólo quieres un gigoló.

–Deja eso ya. Es injusto.

–¿Ah, sí? ¿Y entonces cómo explicas que sólo nos entendamos en la cama?

Alana palideció.

–Mira, aprecio mucho lo que intentabas hacer...

–No me trates con condescendencia, Alana –la interrumpió en un tono capaz de helar a cualquiera–. Haz lo que quieras, pero no me trates así. No te estoy pidiendo que te cases conmigo. ¡Dios no quiera que lo haga! Te estoy poniendo todo en bandeja. La oportunidad de construir una vida juntos para formar una familia. Ni siquiera tu marido te ofreció algo así.

–No le metas en esto.

–¿Por qué no? ¿Acaso no es él el motivo por el que te estás defendiendo con una auténtica fortaleza? ¿La razón por la que no dejas que nadie se te acerque, ni siquiera el padre de tu futuro hijo?

–No es sólo eso –gritó Alana avergonzada y consciente de que Pascal estaba diciendo la verdad. Estaba aterrorizada.

–Lo que has hecho equivale a... un engaño. Me podías haber dicho lo que tenías en mente, pero has preferido hacerme creer que me ibas a colocar como si fuera tu querida. Y después me llevas a los suburbios para que vea lo que estás haciendo, me hablas de tu pasado... –Alana no podía contener aquel discurso incoherente–. Es casi como estuvieras intentando que me... –«enamore de ti», concluyó la frase en su mente y se quedó impresionada. Sabía que no era verdad y además la palabra «amor» estaba asociada a debilidad. Y sobre todo a claustrofobia.

–¿Qué, Alana? ¿Que confíes en mí? ¿Es eso? –preguntó apurando su copa–. ¿Y te parece un crimen tan grave?

–No... no lo es. Lo siento. Es sólo que yo no puedo... hacer esto. Contigo –dijo totalmente ida, abrazándose a sí misma para no caerse.

–Quieres decir que no puedes confiar en mí, ¿no? Que ni siquiera puedes intentarlo. ¿Y qué crees que te está esperando en Dublín? El paro, una familia en la que no confías y una hipoteca de la que apenas puedes hacerte cargo.

–He recibido una llamada de Rory antes –replicó alzando la barbilla–. Me ha vuelto a ofrecer mi puesto de trabajo. La mujer de Eoin Dohonoe ha confesado la verdad que se esconde detrás de su matrimonio. Ha solicitado el divorcio también. Y algunas mujeres que estuvieron con Ryan han salido a la luz y han vendido sus exclusivas a la prensa rosa. Así que, ya ves, ahora puedo volver –dijo consciente de que estaba huyendo.

Pascal puso una mueca de disgusto.

–Qué afortunada. ¿Y qué piensas que vas a hacer respecto a nuestro hijo?

Alana sintió que le temblaban las piernas.

–Te lo dije desde el principio, podrás verlo siempre que quieras. Eso nunca te lo voy a negar, Pascal.

Justo en aquel instante sonó el timbre. Obviamente era el conserje para avisar de la llegada del taxi. Alana caminó hacia delante. Evitó la mirada de Pascal, pero cuando estaba pasando a su lado, él la agarró del brazo y la hizo girar.

–Yo soy el padre de tu hijo y no voy a permitir que me apartes a un lado. No puedo encerrarte aquí. Si te quieres marchar, vete, pero no voy a ir corriendo detrás de ti. Yo no persigo mujeres –dijo con una mirada penetrante y furiosa.

–Lo sé –balbuceó Alana. Ya estaba. Ya podía anticipar el dolor que sentiría el día que viera a Pascal con otra mujer. Pero tenía que enterrar esa idea porque, si se lo pensaba dos veces, jamás cruzaría aquella puerta.

Capítulo 10

HOLA, Alana. Me alegro mucho de verte, te hemos echado de menos –saludó Sophie.

–Gracias –contestó Alana forzando una sonrisa.

Entró en su despacho y cerró la puerta. Se había sentido apática desde que había regresado a Irlanda. Era como si le hubieran arrebatado su fuente de energía. Sonrió con tristeza. Sabía perfectamente cuál era esa fuente. Pascal. Se sentó con pesadez sobre la silla.

En ese momento llamaron a la puerta y Rory entró en tromba.

–¡Alana! Qué alegría que estés de vuelta. Siento mucho lo que pasó, pero ya sabes que estaba atado de pies y manos.

Un torrente imparable salía por su boca y Alana apenas si le prestaba atención.

–...Pascal Lévêque para la fiesta caritativa en el Club K este fin de semana.

El cuerpo de Alana se puso rígido.

–¿De qué estás hablando? –los latidos de su corazón ya estaban fuera de control.

–Estoy hablando de la fiesta del rugby para recaudar fondos de este fin de semana. Es en el Club K de Kildare. Tu amigo Lévêque es el anfitrión.

El Club K era un club de golf exclusivo que estaba a una hora de Dublín. La gente rica y famosa solía ir allí en helicóptero a pasar unos días.

–Rory, no querrás que lo cubra yo, ¿verdad?

–No, creo que es un poco pronto para ponerte al

frente de un evento tan importante. ¡Nunca se sabe a quién te puedes encontrar! —exclamó nervioso.

Alana se tenía que haber sentido aliviada, pero no fue así. No se sintió aliviada hasta que Rory se puso en pie para marcharse después de darle algunas indicaciones y algo de trabajo.

Rory se detuvo en la puerta y se dio la vuelta.

—Las cosas no han funcionado con Lévêque, ¿no?

Alana forzó una sonrisa y negó con la cabeza.

—Estoy seguro de que es lo mejor —añadió su jefe—. No juega precisamente en nuestra liga, ¿verdad?

Alana asintió y contuvo la respiración hasta que lo vio salir. Cuando lo hizo, se desplomó como una muñeca de trapo.

Al escuchar a Rory pronunciar el nombre de Pascal, Alana había reconocido el sentimiento que la tenía sometida. En realidad, si era sincera, siempre lo había sabido, pero se lo había negado a sí misma de forma patética.

Amaba a Pascal. Lo quería tanto que con sólo pensar en él se quedaba embobada. Lo veía con tanta claridad que ni siquiera el miedo y la claustrofobia aparecían. Aquellas emociones habían sido los síntomas de la absurda negación de sus verdaderos sentimientos. De hecho se sintió aliviada porque al fin estaba siendo sincera consigo misma.

Había deseado con tanta ansiedad a Pascal porque había sido la manera de estar conectada con él sin tener que reconocer sus sentimientos verdaderos. Cuando él había mantenido aquella absurda distancia, Alana había estado al borde de la desesperación. El hecho de que Pascal hubiera querido comprometerse con ella, la había hecho estremecer, pero si no había aceptado, no había sido porque no confiara en él o por miedo al compromiso. Había sido porque había tenido miedo de que Pascal no la amara y estuviera haciendo todo aquello sólo por su sentido de la responsabilidad. Había sido capaz de renunciar a su sueño de convertirse en jugador de rugby para no defraudar a su abuelo. Era un hombre con una capacidad de sacrificio tremenda. Y Alana no quería ser un sacrificio más.

Lo único que quería era que la amara. En tal caso Alana hubiera estado dispuesta a hacer cualquier cosa, incluso casarse. Su verdadero miedo era comprometer su vida con la de Pascal para después ser testigo del inevitable declive de su interés por ella, hasta que se buscara una amante o la abandonara.

Y sin embargo, ¿estaría siendo justa? Él ya la había acusado de intentar leer su pensamiento y equivocarse completamente. ¿Debía arriesgarse? ¿Podría salir sana y salva si le ofrecía su corazón, aun a riesgo de que él contestara: «No, gracias»?

De alguna manera, era consciente de que fuera capaz o no de sobrevivir a un rechazo, se debía a sí misma y a su hijo detener aquel engaño. Tenía que ser totalmente sincera. Aunque quizás fuera demasiado tarde.

–Mira, Alana, lo siento, pero ahora no sé dónde está. Me parece que ha ido a algún club o algo así. Hace un rato estaba aquí, pero ya no, ¿vale? –Rory se encogió de hombros como disculpándose. Estaba demasiado nervioso como para preguntarle por qué estaba buscando a Pascal. Se marchó corriendo.

Alana se quedó de pie de la recepción del Club K. Podía distinguir los vestidos brillantes de las invitadas a la fiesta y a los hombres con sus esmóquines. Estaba segura de que Rory le había dicho la verdad. Pascal no estaba allí. Alana salió y se metió en su coche que estaba aparcado en la puerta. Había tenido que reunir todas sus fuerzas para conducir hasta allí. Había preguntado en la recepción y después de mucho insistir le habían confirmado que Pascal había reservado habitación para pasar allí la noche.

Una parte de Alana sabía que debía esperar allí hasta que él volviera, sin embargo otra parte le decía que siguiera su intuición. Se daba cuenta de que, si su pálpito era equivocado, estaría alejándose de Pascal, pero le dio igual. Giró el volante y se puso en dirección a Dublín de nuevo.

Los guardias de seguridad de Croke Park la reconocieron y la dejaron pasar, sorprendidos, eso sí.

–¿Qué pasa aquí esta noche? Si no hay partido –comentó uno a otro.

Alana sintió una inyección de esperanza en el pecho, que se vio reforzada cuando distinguió el deportivo negro de Pascal en el aparcamiento. Salió del coche con el corazón palpitando a toda velocidad y manos temblorosas. Atravesó el túnel que conducía a las gradas.

Allí estaba.

Alana sintió que el corazón se le encogía. Pascal estaba sentado en una grada cerca de la tribuna de prensa y de la zona VIP, con la mirada perdida en el campo iluminado por la luna. Tenía un aire misterioso y aún llevaba el esmoquin debajo del abrigo negro. En aquel momento Alana tenía el corazón a punto de salírsele del pecho. Nunca había sentido algo así al mirar a Ryan. Era todo tan distinto, y por esa misma razón tenía que confiar. Se sintió fuerte, tenía las ideas claras por primera vez en su vida. Si Pascal no la amaba como ella lo amaba a él, entonces lo dejaría marchar. Pero al menos, él se merecía saber por qué no quería aceptar un compromiso. No podía comprometerse sin el amor de Pascal.

Subió los escalones hasta llegar a la fila de asientos donde estaba él. Parecía estar en otro mundo. Alana pisó un vaso de plástico y entonces él levantó la mirada. Ella paró en seco, apenas un metro de distancia los separaba. Iba vestida con unos vaqueros viejos, un jersey de lana, una chaqueta y el pelo suelto, agitado por el viento. La expresión del rostro de Pascal fue inescrutable. La miró sin entusiasmo y después sus ojos se volvieron a fijar en el campo.

–¿Qué estás haciendo aquí? –le preguntó fríamente. Alana sintió miedo, pero no estaba dispuesta a echarse atrás.

–Te estaba buscando.

Pascal soltó una breve carcajada y siguió con la mirada fija en el campo.

–Corrígeme si me equivoco, pero la última vez que nos vimos, te faltó tiempo para salir corriendo porque estabas deseando perderme de vista.

Alana se obligó a avanzar y se sentó junto a él. Tenía las manos metidas en la chaqueta. Una de ellas agarraba con fuerza lo que había llevado con ella, que le estaba quemando como si fuera un ascua. Miró también al campo de juego e inspiró profundamente.

–Me gustaría decirte algo –pero en ese momento Pascal se puso en pie. Instintivamente, Alana le agarró la mano y lo miró–. Por favor, escúchame.

Con una expresión dura, él apartó su mano. Ella contuvo el aliento hasta que Pascal se sentó de nuevo, visiblemente tenso.

Alana se forzó a hablar.

–Yo nunca amé realmente a Ryan. Crecí creyendo que el matrimonio era un vínculo sagrado. Crecí creyendo que eso era lo que yo quería para ser como el resto de mi familia. Cuando nos conocimos, Ryan me abrumó y me hizo creer en mi sueño. Me dijo que no me impediría trabajar, pero lo hizo. Me dijo que seríamos felices, pero no lo fuimos. Y en el momento en el que las dudas comenzaron a asaltarme, días antes de la boda, ya no pude anularla. Se había invertido tanto dinero, había tantas esperanzas depositadas. Mis padres ya eran muy mayores. Sabía que me querían ver asentada antes de que fuera demasiado tarde. Así que no pude... no pude anularla. Y era consciente de que estaba cometiendo un error. Me aislé completamente en una burbuja donde lo importante eran las apariencias. Y aun así tenía la esperanza de que las cosas fueran bien, confiaba en que el matrimonio funcionara.

Alana notó que Pascal se volvía para mirarla, pero no lo miró. Tenía los ojos llenos de lágrimas, sin embargo no le temblaba la voz.

–Era una niña, Pascal, tenía veintidós años. Apenas me conocía a mí misma, como para conocer a Ryan. Me anulé, atravesé un infierno con tal de intentar que las cosas funcionaran, pero simplemente no... no podía entender cómo había permitido tan fácilmente que alguien se apoderara de mi vida así. Debería haberme dado cuenta. Debería haberme respetado más a mí misma para saber que...

Pascal le acarició una mano, que estaba moviéndose nerviosamente sobre la rodilla. Alana se detuvo. Su corazón se detuvo. Aun así seguía sin ser capaz de mirarlo a los ojos.

–Alana, mírame.

Reticente, giró la cabeza. Se encontró con aquellos ojos oscuros, pero era como si se estuvieran derritiendo. Hacía mucho que no los contemplaba y quiso sumergirse en ellos. Sin embargo se quedó rígida. Aún le quedaba mucho que decir, pero él se le adelantó.

–Ya lo has dicho, eras muy joven y tenías la sensación de tener que cumplir las expectativas de tu familia.

–Sí, eso es cierto. Y no me puedo arrepentir porque he aprendido mucho de esa experiencia. También soy consciente de que mi familia me habría apoyado si yo hubiera confiado en ellos. Pero siempre me sentí distante, separada de ellos, como si no pudiera contar con ellos por si les molestaba con mis pequeños problemas.

–No eran pequeños problemas.

–Ya, ahora lo sé.

Volvió a mirar al campo y Pascal le soltó la mano. Estaba a punto de dar otro paso definitivo en su vida y aunque aquél podía ser mucho más doloroso que todo lo que había sufrido con Ryan, se sentía diferente porque sabía que había tomado la decisión correcta. Sólo quedaba saber cuál sería la elección de Pascal, lo que ya no estaba en manos de Alana.

Inspiró de nuevo profundamente y lo miró de reojo. De nuevo estaba serio.

Con el corazón en un puño, Alana se arrodilló junto a él. Pascal se echó hacia atrás atónito.

—¿Qué estás haciendo?

—Estoy siguiendo a mi corazón, Pascal, pero esta vez sé por qué lo estoy haciendo y sé que no me estoy equivocando porque desde la primera vez que te vi supe que eras la persona correcta aquí —dijo llevándose una mano al corazón y otra al vientre—. He tardado un tiempo en reconocerlo y en confiar. Confiar en mí misma de nuevo.

Pascal se había quedado sin palabras, pero una emoción indescriptible se había apoderado de sus ojos. Alana confió en aquella mirada y con coraje sacó la mano del bolsillo. La mano aún se aferraba a su preciado tesoro. Clavó la mirada en los ojos de Pascal.

—Me pediste que considerara la posibilidad de unir nuestras vidas, de comprometernos e intentar que las cosas funcionaran.

—Yo nunca te he pedido que te cases conmigo, Alana —le interrumpió bruscamente—. Ya me has dejado lo suficientemente claro lo que el matrimonio significa para ti. Lo que yo quería era darnos la oportunidad de formar una familia. Darle a nuestro hijo un futuro estable.

—Lo sé —respondió ella suavemente—. Y eso es también lo que yo deseo.

Él arqueó las cejas en señal de sorpresa.

—Sí. Pascal. Pero la verdad es que yo quiero mucho

más. Te dije que no en París, volví aquí porque necesitaba un poco de espacio, porque estaba asustada por lo que me estabas pidiendo. Si te contestaba que sí, me daba miedo que terminaras cansándote de mí o echándote una amante. Siempre he dicho que jamás me volvería a casar, aun así, quiero volver a creer en mi sueño. Y me asusta muchísimo ya que se ha convertido en un fantasma peligroso para mí. Pensaba que había rechazado ese sueño para siempre –le volvió a mirar a los ojos desando que le leyera el pensamiento una vez más–. Me marché porque en lo más profundo de mi ser no podía soportar la idea de que no me amaras. Me he enamorado de ti, Pascal, y me he dado cuenta de que quiero vivir mi sueño. No me puedo conformar con menos, por mucho dolor que me cause que me digas que no.

En ese momento Alana abrió la palma de la mano y Pascal se quedó boquiabierto mirando el anillo de platino que descansaba allí.

–Pascal, yo –Dios, no podía fallar en aquel momento. Estaba arrodillada, con la mano tendida, pero temblando–. Pascal, por favor, ¿te quieres casar conmigo?

Los ojos de él se fundieron con los de Alana. El tiempo se detuvo un instante.

Pascal sintió que un torbellino acababa de arrasarlo. Lo único que podía hacer era mirar a Alana, la mujer a la que amaba más que a su propia vida, de rodillas frente a él y pidiéndole matrimonio. Porque ella también lo quería. La impresión inicial desapareció y dejó paso a una inmensa sensación de alegría. La mano de Alana estaba temblando, su boca en tensión esperando que la rechazara, y los ojos de Pascal se inundaron de lágrimas. Estaba realmente impresionado por la valentía y la fuerza que Alana le acababa de demostrar.

Le tendió la mano.

–Creía que no me lo ibas a pedir nunca –dijo finalmente. En ese momento fue ella quien se quedó sin palabras. Pascal se controló para no abalanzarse sobre Alana y empezar a besarla–. ¿Quieres que me case contigo o no? –le preguntó, y una sonrisa se dibujó en sus labios. Ella se contuvo.

–Quiero que te cases conmigo sólo si me quieres, Pascal.

Estaba sufriendo por la incertidumbre de Alana, pero tenía que probar su confianza un poco más. Necesitaba que ella le demostrara que confiaba en él.

–Ponme el anillo y lo averiguarás –le dijo. ¿Es que no se daba cuenta? El corazón de Pascal estaba rebosante de alegría.

Completamente concentrada, Alana tomó su mano y cuidadosamente deslizó el anillo en su dedo, pero antes de que hubiera terminado, Pascal la agarró y la sentó en su regazo. Ella confiaba en él, eso era todo lo que necesitaba saber.

Alana sintió la seguridad que le trasmitió el abrazo de Pascal. La miró a los ojos.

–Me lo has hecho pasar fatal esta semana. Has puesto mi vida patas arriba. Dejarte salir de mi casa el otro día ha sido lo más difícil que he hecho en mi vida, pero tenía que dejarte marchar... Sólo podía rezar para que volvieras a mí. Y lo has hecho –explicó antes de besarla, después le retiró un mechón de pelo de la cara–. Alana, te quiero, ¿cómo has podido dudarlo?

–No era capaz de tener esperanza. Sabía que tenía que decirte lo que sentía, pero no podía ni pensar en tu respuesta. Si lo hubiera hecho, no habría sido capaz de reunir el valor para hablarte.

–Me enamoré de ti aquí mismo, en este estadio. Por eso esta noche he tenido la necesidad de volver. Debía regresar al lugar donde te vi por primera vez –añadió abrazándola más fuerte. Alana pensó que se iba a derretir.

–¿Pero cómo es posible? Era sólo una aventura.

–Nunca ha sido sólo una aventura. Desde el primer beso fue algo más. Cuando nuestros ojos se encontraron, se reconocieron al instante. Estamos hechos el uno para el otro. Aunque, por supuesto lo que yo vi fue sólo una mujer preciosa con una camisa abotonada hasta arriba y con la corbata. Lo único que deseé fue desabrocharte todos los botones y hacerte mía.

–Soy tuya cada vez que me miras –dijo acariciándole la mejilla. Las lágrimas estaban a punto de brotar de sus ojos. Por fin había encontrado su hogar.

–¿Te das cuenta de que sólo porque me has puesto este anillo, vas a tener que casarte conmigo en una iglesia y vas a tener que hacer de mí todo un hombre?

Alana asintió y sonrió emocionada.

–Cuento con ello. Quiero que el mundo entero sepa que eres mío –replicó con instinto posesivo. El corazón de Pascal latió con fuerza, el deseo ya se estaba abriendo paso en su cuerpo.

Estaba preparado para los sentimientos que Alana despertaba en él porque ella era capaz de apoyarle en todo, incluso en su lado más indómito. Había sido precisamente aquella habilidad que tenía de conectar con los verdaderos sentimientos de Pascal, lo que le había generado tanto rechazo al principio.

Se volvieron a besar, detenidamente. Cuando finalmente se pudieron separar, Alana le sonrió tímidamente. Llevó la mano de él hasta su vientre, donde el hijo de ambos crecía día a día.

–Tengo todo lo que necesito aquí mismo, en este preciso momento. Lo que venga de ahora en adelante será una bonificación.

Pascal se acercó a ella para volverla a besar.

–Te quiero mucho –le susurró antes de que sus labios se fundieran.

Epílogo

ALANA se relajó sobre los almohadones del cómodo sofá. Estaba dando de mamar a su pequeña bebé y un efecto soporífero delicioso la invadió de nuevo. Estaba tan contenta, con su hija entre los brazos, en aquella casa grande con el jardín salpicado de juguetes. Vivían en el mismo corazón de Montmartre, pero daba la sensación de estar en pleno campo rodeados por los árboles que protegían la casa.

Aquél había sido uno de los primeros palacetes que Pascal y ella habían visitado en París, cuando Alana había pensado que él había querido recluirla lejos de su lado. Cuando había estado tan confundida.

Agitó la cabeza al darse cuenta de lo distinta que era aquella imagen de la realidad que estaba viviendo.

El corazón de Alana se estremeció al percibir aquella fragancia tan conocida. Orla dejó de mamar y miró a su alrededor como si hubiera sentido la presencia de su padre. Pascal se acercó y besó la cabeza de su hija. Después besó el cuello de Alana.

–¿Cómo puede ser que esté celoso hasta de mi propia hija? –le susurró en la oreja, y ella tuvo un escalofrío anticipando el placer.

–Bueno, no es la primera vez que te pasa. Sobrevivirás.

Pascal sonrió y tomó a la niña de los brazos de su madre. Suavemente golpeó su espalda para que echara el aire, con la habilidad de un experto. En ese momento irrumpieron en la habitación los dos personajes con los que había dado sus primeros pasos como padre.

Eran dos réplicas exactas de Pascal. Morenos, ojos negros, uno un poco más pequeño que el otro. Estaban en un tira y afloja con una camiseta de rugby de la selección de Irlanda entre las manos.

–Papá, me toca a mí llevar la camiseta de Irlanda. Hoy no quiero ser francés. Dile a Sam que le toca a él ser francés. ¡Además le queda muy grande! –dijo el más alto.

El pequeño se estaba agarrando a la camiseta desesperado, al borde de las lágrimas. Tenía tres años y se llamaba Samir, como el abuelo de su padre.

Pascal lanzó una mirada acusatoria a Alana, quien estuvo a punto de soltar una carcajada.

–¿Qué? Ya sabes que provengo de una familia irlandesa y numerosa.

–Sí, pero no estoy hablando de eso –contestó en broma–. ¿Tenemos que animar a nuestros hijos a estar con un país o con el otro?

Alana se colocó el sujetador y se puso en pie. Observó a su marido, quien había logrado que Orla cayera rendida en sus brazos.

–¿El día del partido entre Irlanda y Francia del torneo de las Seis Naciones? Es normal que nuestro hijo mayor, que tiene más criterio, quiera apoyar al equipo que está a punto de ganar el torneo. Y no me culpes a mí de que sean competitivos. Creo que podemos decir sin miedo a equivocarnos que lo han heredado de ti –concluyó, y le sonrió con picardía. Estaba tratando de ignorar que su marido la estaba atravesando con una mirada llena de deseo.

Pascal la agarró por la cintura y la sentó en su regazo para besarla.

Los dos chicos se olvidaron de su pelea.

–Ahh, qué horror. Espero que no os paséis todo el partido dándoos besitos. No es tan guay –dijo Patrick, el hijo mayor.

Alana se separó finalmente, sin aliento, y sonrió a su marido.

–No será tan guay, pero es tan divertido... –susurró imitando a Patrick.

–Hummm –Pascal tenía a su esposa en un brazo y a su hija en el otro–. ¿Le he dicho hoy ya, *madame* Lévêque, lo mucho que la quiero?

Ella lo miró coquetamente.

–Pues creo que no, señor Lévêque, pero aún puede compensarme por ello.

–¿Cómo?

–Déjame pensar. Como nuestra estupenda niñera se ha ofrecido a quedarse esta noche, me podrías llevar a cenar...

Los ojos de Pascal se oscurecieron y Alana notó cómo su sexo se endurecía bajos los muslos de ella.

–¿Algún sitio en especial?

–Claro, un lugar acogedor y bonito –le respondió contra sus labios–, íntimo, donde tengamos algo de privacidad.

–¿Dónde no nos moleste nadie? –preguntó en un tono grave y aterciopelado.

–Exactamente –respondió separándose, pero sin apartar la mirada del hombre que amaba.

Pascal notó que su hija se revolvía ligeramente en su hombro, mientras su esposa se revolvía juguetona en su regazo. Sus hijos correteaban por el jardín y sintió que el corazón se le agrandaba en el pecho. Aquel instante era precioso y el hecho de que su vida estuviera llena de momentos de plenitud como aquél, no le quitaba valor.

Alana lo miró con complicidad. Tenía la capacidad innata de leerle el pensamiento. Sonrió.

–Lo sé... y yo también te quiero –declaró simplemente.

No hacía falta decir nada más.

Bianca™

Él no le dejará más alternativa que convertirse en su esposa

El magnate Nikolai Golitsyn estuvo a punto de seducir a Ellie, la joven que cuidaba de su sobrina. Pero entonces ocurrió una tragedia y, al descubrir que ella era la responsable de la muerte de su hermano, lo último que quiso fue convertirla en su amante.

Desconcertada y humillada, Ellie escapó de Londres.

Cinco años después, Nikolai decidió buscar a Ellie para que su sobrina tuviera un referente femenino.

Pero esa vez estaba dispuesto a disfrutar de todas las delicias que se había negado a sí mismo hasta entonces…

Una esposa conveniente

Maggie Cox

¡YA EN TU PUNTO DE VENTA!

Acepte 2 de nuestras mejores novelas de amor GRATIS

¡Y reciba un regalo sorpresa!

Oferta especial de tiempo limitado

Rellene el cupón y envíelo a
Harlequin Reader Service®
3010 Walden Ave.
P.O. Box 1867
Buffalo, N.Y. 14240-1867

¡Sí! Por favor, envíenme 2 novelas de amor de Harlequin (1 Bianca® y 1 Deseo®) gratis, más el regalo sorpresa. Luego remítanme 4 novelas nuevas todos los meses, las cuales recibiré mucho antes de que aparezcan en librerías, y factúrenme al bajo precio de $3,24 cada una, más $0,25 por envío e impuesto de ventas, si corresponde*. Este es el precio total, y es un ahorro de casi el 20% sobre el precio de portada. ¡Una oferta excelente! Entiendo que el hecho de aceptar estos libros y el regalo no me obliga en forma alguna a la compra de libros adicionales. Y también que puedo devolver cualquier envío y cancelar en cualquier momento. Aún si decido no comprar ningún otro libro de Harlequin, los 2 libros gratis y el regalo sorpresa son míos para siempre.

416 LBN DU7N

Nombre y apellido	(Por favor, letra de molde)	
Dirección	Apartamento No.	
Ciudad	Estado	Zona postal

Esta oferta se limita a un pedido por hogar y no está disponible para los subscriptores actuales de Deseo® y Bianca®.
*Los términos y precios quedan sujetos a cambios sin aviso previo.
Impuestos de ventas aplican en N.Y.

SPN-03   ©2003 Harlequin Enterprises Limited

Deseo™

Antiguos amantes

EMILIE ROSE

Rand Kincaid nunca se había sentido presionado, hasta el día en que todo su futuro quedó pendiente de un hilo. El testamento de su padre lo obligaba a readmitir como su asistente personal a Tara Anthony. De pronto, se vio en la tesitura de aceptar a la única mujer que lo había abandonado, o perder su imperio familiar.

Pero, antes de aceptar, Tara le dejó claras sus condiciones: quería una segunda oportunidad y Rand debía estar en su casa... y en su cama.

Rand todavía no era consciente de lo lejos que aquel acuerdo le iba a llevar.

Todo vale en el amor... y en los negocios

¡YA EN TU PUNTO DE VENTA!

Bianca™

Obligada a casarse... y compartir su lecho.

El despiadado magnate Dario Parisi reclamará el legado familiar que le fue arrebatado incluso si para ello tiene que obligar a la nieta de su más acérrimo enemigo a casarse con ella.

Alissa Scott no es en absoluto la esposa dócil y sumisa que Dario deseaba, y sin embargo el ardiente deseo que siente por ella lo domina por completo. Por eso, cuando ella intenta cambiar las reglas, él le exige el cumplimiento de sus votos matrimoniales...

Novia por chantaje

Annie West

¡YA EN TU PUNTO DE VENTA!